KB075841

추운 봄

추운 봄

다니엘 살나브 소설

이재룡 옮김

Un Printemps Froid

열림원

우리가 함께 나눴던 예전의 시간은 더 이상 존재하지 않는다.

차례

{ 방문 }

그녀는 말라버린 과자밖에 없다고 했다. 그 뒤로 현관문의 윗부분에 끼워진 유리에 그녀의 잿빛 분신이 그녀와 똑같이 고개를 끄덕이는 모습이 희미하게 출렁거렸다. 우리가 미리 연락했더라면 과자를 준비하거나, 비록 유월에 내린 비 때문에 물이 좋지 않지만 자두 파이를 굽거나, 르노뎅 제과점이 문을 닫은 후부터 (르노뎅도 문을 닫았어요? 그렇다니까. 하나둘씩 모두 다) 그다지 좋은 데는 아니지만 마리옹 제과점에 들러 파이를 하나 사 왔을 것이다. 여름에는 화덕을 이용하지 않는다지만 파이란 것은 가스 불로 굽는 게 아니잖아요. 말을 늘어놓으며 붉은 반점으로 얼굴이 얼룩진 그녀는 천장이 높은 어두운 방문 입구로 뒷걸음치며 장식용 빗 사이로 삐져나온 머리카락을 옆으로 추켜올렸다. 다른 손으로 부스스한 털 사이로 목줄을 움켜쥐고 우리의 다리로 달려와 노란 이빨을 드러내는 개를 붙잡아두려고 애썼다. 너 때문에 말이 들리지 않잖아, 좀 그만해라! 개는 우리 사이로 빠져나가 길 끝으로 내달렸고 짖는 소리도 희미해졌다. 저 놈 탓에 이야기를 할 수 없네요. 이제 더 이상 하룻강아지도 아닌데 말이죠. 푸르스름하게 변한 개의 눈은 뿌옇게 흐려졌고 콧잔등도 허옇게 말라버렸다. 그녀는 미소를 짓고 한숨을 내쉬었다. 그런데 이렇게 방문턱에 서 있을 수도 없는 노릇이었다.

방 안에는 사과 냄새, 갓 다림질한 속옷 냄새, 곰팡이 냄새, 그리고 양초 냄새가 감돌았다. 여전히 미소를 지으며 그녀는 선 채로 의자 숫자를 세며 의자를 내밀었고 우리 쪽으로 이마를 들더니 자기는 결코 편지를 쓰지 않아서 답장을 보내지 못했다고 사과했다. 유독 그녀 가슴을 철렁하게 했던 것은 전보다. 그녀는 막 바깥으로 나가려 할 때 전보를 받았다. 사촌 마리에게 가려던 참이었어요. 맞아요, 그 할멈은 여전히 난방도 어렵고 불편한 저 아래 그 집에서 살고 있어요. 그녀 남편이 심장마비, 그렇지만 아주 경미한 마비에 걸렸다는 사실을 우리도 알고 있는지 그녀가 물었다. (그래도 보름간 입원했답니다. 그랬어요. 이제는 괜찮고. 지금은 나이에 비해서 정정한 편이고요.) 개가 밖에서 문을 긁는 바람에 문을 열어줘야만 했고 개는 들어와서 컹컹 짖으며 식탁 주위를 서너 바퀴 돌더니 그녀에게로 다가갔다. 그녀는 개의 머리를 손으로 들어 올리며 얼마나 털이 하얗게 세었는지 보여주려고 했다. 개는 그녀 손에서 벗어나려고 버둥거리다가 앞발을 그녀 무릎에 걸치고 얼굴을 핥으려고 했다. 그녀는 웃으며 뿌리쳤다. 그런데 차라도 대접해야 하지 않을까, 그녀는 무슨 생각을 하는 것일까. 우리가 보는 앞에서 그녀는 자리에서 일어났다가 금세 다시 주저앉았다. 맞다. 그녀는 더 이상 온전한 정신이 아니었다. 그녀는 항상 지쳐 있었는데 의사는 도무지 그 원인을 이해하지 못했다. 우리는 고개를 살짝 끄덕거리며 미소를 지었다. 우리가 찾아온 용건도 그것 때문이었고 진즉에 방문하려고 했다면서 우리끼리 얼굴을 마주 보며 눈빛으로 맞장구를 쳤다. 그녀는 울기 시작했다. 헐렁한 삼각형 커튼으로 가려진 구석 창문을 통해 하오의 노란 햇살이 어두운 바닥에 삼각형을 드리웠다. 그림자 하나가 삼각형 햇살을 가리며 멈칫거리다가 사라졌다. 바로 마리였는데 우리가 그 그림자가 마리였는지 알아차릴 수 있었을까? 그런데 그녀를 항상 따라다니는 개가 있지 않았나? 털이 뻣뻣한 노란 잡종 개. 아, 키키 말이죠! 그런데 그 개는 당연히 죽었죠. 천수를 누리고 오래전에 죽었어요. 게다가 그 개는 마리가 아니라 그녀 어머니가 키우던 개였다. 그렇다. 우리가 착각한 것이다. 우리는 얼핏 이십 년 전으로 되돌아간 것이고 그것은 행복한 부활이 아니라 기껏해야 시간이 지은 불쾌한 표정, 우울하고 기계적인 반복에 불과했다. 파마를 하고 숱이 적은 머리, 기침, 구부정한 허리, 한쪽 발을 기우뚱하게 앞으로 내밀며 걷는 방식 등 모두 빼닮은 모습. 그래요, 그녀 어머니, 그 불쌍한 분은 운이 지지리도 없었지요. 우리로서는 되찾을 수 없는 기억, 향기나 희미한 여운으로만 남아 있는 어떤 기억 위로 침묵이 깔렸다. 다시 개가 나직하게 짖어댔다. 그녀는 개를 바라보았고 회상에서 깨어난 것처럼 보였다. 차마 다시 데울 엄두가 나지 않았지만 아침에 먹다 남은 커피가 있었고 그녀는 어느새 바닥이 까매지고 찌그러진 냄비 하나를 들고 가스 불을 켜려고 성냥을 찾았다. 냄비가 불 위에서 춤을 췄고 커피 냄새가 피어올랐다. 그녀는 호주머니에서 손수건을 꺼내 천천히, 그리고 기계적인 끈기를 갖고 대충 눈가와 코 밑을 닦았다. 우리 중 하나가 찬장 아래쪽에서 커피 잔을 꺼냈는데, 그렇다면 그는 여태 잔이 어디 있는지 잊지 않았던 것일까? 웃음이 오갔다. 그녀는 자리에 앉아 각자에게 꽃무늬 접시를 건네고 그 위에 '말라버린 과자'를 올려놓았다.

전보를 가져왔을 때 그녀는 막 마리네 집에 갈 참이었다. 그녀는 목이 메었고 왼손을 개의 머리에 얹었다. 아니다. 개에게 과자를 주지 않을 것이다. 먹으면 안 되었고, 그것은 개도 잘 알고 있었다. 일종의 7당뇨병인데, 그래요, 개들도 당뇨병을 앓는다니까요, 그것 때문에 이놈이 이토록 뚱뚱해진 건데, 두 사람이 함께 사냥을 가던 시절도 있었는데! 그녀 목소리가 다시 울먹거리더니 기침을 했다. 네모난 금빛 햇살이 오른쪽으로 미끄러졌고 이제 막 커다란 궤짝 바닥에 닿았다. 자, 한쪽 먹어라, 하고 그녀가 말했다. 딱 한 조각이야, 나까지 물지는 말고, 이 먹보야, 내 손가락까지 먹지는 말고. 우리 중 하나가 항상 파란 덧문이 닫혀 있는 건너편 집에 관해 여느 때와 똑같은 의례적 질문을 던진 것은 그 순간이었다. 그녀는 개의 머리를 쓰다듬던 왼손으로 개의 귀를 뒤로 꾹 눌러 붙이면서 호주머니에서 손수건을 꺼내 다시 한

번 코를 풀었다. 그녀는 손수건을 쥔 손바닥으로 입을 가린 채 아니요, 하고 말하더니, 아니요, 저 집은 아직 팔리지 않았어요, 하고 말했다. 그리 큰 집은 아닌데 정원이 터를 모두 잡아먹어서 길 쪽에서는 보이지 않아요. 그녀는 그러는 편이 낫다고 했다. 어떤 사람이 이웃으로 이사 왔겠어요? 그녀는 화제를 전보로 돌리며 그것이 우리 중 하나에서 온 것임을 알았다고 했다. 그녀에게는 전보를 칠 만큼 멀리 떨어져 사는 사람이 없었다. 그런 사람은 모두 온 셈이고 어쨌거나 아는 사람이 많지 않았다. 그러면서 이런저런 이야기가 오가다보니 다시 파란 덧문을 댄 집에 관한 이야기로 돌아왔다. 우리 기억이 정확하다면 D 부인의 정원은 저쪽 오솔길 막다른 데에 있었습니다. 그런데 파란 덧문 집 정원은 바로 옆에서 시작되었으니까 사실상 컸다는 것입니다. 화제를 다시 전보로 돌려 말하자면 신임 우편배달부가 전보를 들고 왔는데 마침 문 앞에서 그녀를 만날 수 있어서 다행이었고 그렇지 않았다면 어디에 전보를 두고 와야 할지 난감했을 것이다. 그녀는 배달부가 오 년 사이에 세 번이나 바뀌었으니 자주 바뀌는 편이고 납작한 신형 모자를 쓰는 바람에 잘 알아보지 못하겠다고 했다. 배달부는 월급이 꽤 높고 요새는 더이상 걷거나 자전거를 타지 않는다. 혹시 사각 가방을 들고 다니던 모리스 영감이 기억나는지? 잊을 리 있나요, 아직 살아 있지만 단지 자주 눈에 띄지 않을 뿐인데, 모든 사람이 그렇듯이 그 양반도 외출을 거의 하지 않는다지요, 세월에 장사 있나요.

그런데 그녀는 우리의 안부는 묻지 않고 그다지 흥미롭지도 않은 자기 이야기만 늘어놓았다. 원형 식탁에 팔꿈치를 괸 그녀는 면전에 나란히 앉아 있는 우리를 당황하면서도 정중한 눈빛으로 바라보더니 안경을 벗고 눈을 문질렀다. 내게 이런 안경알을 사용하라고 했다니! 그녀는 자리에서 일어났고, 오, 내려가, 네 발 때문에 아프단다, 이놈이 나를 할퀴네요, 발톱이 딱딱하지요, 이것도 노화의 징후인데 발톱을 깎아줘야만 하지요. 그들은 떠나기 직전에 데리고 살던 작은 흑백 바둑이 강아지의 발톱을 항상 깎아주고는 했다. 짐승 발톱도 사람 것과 같아서 잘라도 아무것도 느끼지 못하죠. 그녀는 허리춤에 팔을 얹고 우리 쪽으로 몸을 돌렸다. 그녀 머리 위의 동그란 액자에서 까만 머리에 숱이 많

방문

은 여자가 웃고 있었다. 우리가 알고 지냈던 여자인가? 그녀는 아니라고 하더니, 그런데 무슨 이유로 자리에서 일어났던가? 아, 그렇군요! 그녀는 서랍에서 봉투 몇 개와 가위 그리고 안경집을 꺼내더니 안경을 어렵사리 꺼냈다. 액자 속의 사진 위로 창문의 십자가형 창틀이 반사되었다. 창틀의 문양이 흐릿하게 떨렸다. 유리의 두께 탓일까? 그녀는 짙은 장밋빛 플라스틱 재질의 두꺼운 안경테에 끼워진 돋보기를 손가락으로 만지작거렸다. 도대체 무엇을 보려고? 범죄나 전쟁이 실린 신문 기사? 세상은 달라지지 않는다. 텔레비전의 광고나 단어 맞추기 게임? 그녀는 언제나 텔레비전보다는 라디오를 더 좋아했다. 그녀는 서랍을 닫고 다시 자리에 앉았다.

여름 해가 기울어지면서 길가 쪽 창문을 통해 석양의 강렬한 햇살이 들어와 나무 찬장에 수직으로 세워진 채색 유리 접시 한복판에 반사되었다. 자동차가 흘린 엔진오일로 얼룩진 좁은 골목으로 누군가 지나갈 때마다 그녀는 신경질적으로 몸을 돌려 딱히 눈으로 확인도 하지 않은 채 누구인가 정원 일을 하고 집에 돌아오는 길이며 그게 그의 일상생

활이란 것을 알고 있다는 듯 어느 이름을 중얼거렸다. 그래요, 그녀는 집을 팔아야만 할 거예요, 그녀에게는 집이 너무 크지 않아요? 그녀는 오른손으로 식탁을 짚고 왼손을 들어 눈에 보이는 공간과 보이지 않는 공간에 어디에서인가 돌연 끊기는 엉성한 원을 그렸다. 마당으로 통하는 문, 찬장과 거기에 정돈된 식기들, 커다란 달과 기우뚱한 야자수 등 어두운 장면이 그려진 반짝이는 쟁반, 가장자리가 톱니바퀴처럼 장식된 밀랍 입힌 천으로 덮인 석탄용 요리대, 떡갈나무 궤짝에 올려놓은 텔레비전 등으로 손길이 원을 그리다가 이층으로 이어지는 계단에서 그녀의 몸짓이 뚝 멈췄다. 그래요, 팔아야 했어요, 그런데 누구에게 팔고, 그런 다음에 어디로 가야 하나요? 부모님이 임종했던 위층은 난방을 하지 않고 여름에 남에게 임대하지도 않지요, 머리 위에서 들리는 층간 소음이…… . 잔잔하게 울리는 자동차 엔진 소리가 그녀의 말을 끊었고 그녀의 문장은 중간에서 멈추었다. 아, 저 사람들이 왔네요, 저들이 오면 덜 외로워요, 그런데 이틀이나 사흘 정도가 딱 좋아요, 그동안은 덜 외로워요, 그러고 나면 주변이 텅텅 비지요. 그녀는 마당 문을 열었다. 적막했다. 그들은 모두 어디로 갔는가? 여름 오후 암탉들의 느릿한 울음소리, 분수 떨어지는 소리, 그리고 담장 너머, 정원 사이에서 오가던 예전의 대화들, 다 어디로 갔는가? 모든 게 변하지요, 어찌 뭘 할 수 있겠어요, 하고 그녀가 말했다.

그녀는 차가운 커피가 담긴 잔을 스푼으로 저으며 미소를 지었다. 그녀는 우리가 더 일찍 올 수 없었다는 것을 이해하고 있었다. 모든 게 그토록 빨리 변하니! 그래서 전보를 받으면 가슴이 철렁했다. 그녀는 전보문을 읽을 수 없었다. 그날 오래된 안경밖에 없었는데 그것으로는 이 미터만 떨어져도 사람 얼굴을 알아보지 못했다. 그리고 마침내 이름만 읽을 수 있었는데 이름이 중요했다. 그녀는 수신자 서명 쪽으로 얼굴을 돌리더니 미소를 지으며 고개를 주억거렸다. 모든 게 너무 빨리 변해서! 그들이 전화했을 때 그녀는 아직 자고 있었다. 걱정거리에 사로잡혀 새벽에나 잠들었을 경우를 제외하고 아침잠이 많은 편은 아니었다. 늦게 자는 게 좋은 일이 아니었다. 전화가 그녀를 깨웠지만 그곳에 가기에는 이미 다 끝난 후였다. 일주일, 정확히 여드레 전, 그의 생일 전이라니! 죽은 노인에게 거부되었던 그 일주일 동안 그간 겪었던 고통과 부당함의 힘이 몽땅 그 시간 속에 몰려 있었다. 찻잔이 비어 그녀는 냄비를 들어서 약간의 찌꺼기가 부유하는 까만 바닥을 자세히 들여다보았다. 그래도 커피 전용 주전자를 꺼낼 걸 그랬어, 하고 그녀는 생각했지만 홀로 살다보니 모든 것에 무심해진 습관이 든 거야, 그녀는 이제야 그것이 느껴졌다. 가끔 그녀는 무슨 요일인지 모른 채 지내기도 했다. 모든 날이 똑같고 한결같이 쓸쓸하고 공허하다. 그리고 등에서 시작하여 팔과 다리로 퍼져가는 피곤함. 그녀는 말을 멈췄다. 적막 속에서 자명종의 째깍, 째깍거리는 초침 소리가 독촉, 위협, 어쩌면 위로처럼 들렸다. 일주일이라, 그렇다, 그리고 일곱 달 전 목요일. 어느 늦겨울, 따스하고 습기 많았던 봄, 그리고 지금 기울어가기 시작하는 여름. 그녀는 찻잔을 양쪽으로 잡고 있는 그녀의 두 손을 내려다보았다. 일곱 달. 일곱 달이 가고 다시 목요일인데 이렇게 계속 사는 게 무슨 의미일까, 죽는 것이 차라리 낫지 않나? 다시 침묵이 깔리고 이번에는 그 침묵을 깨는 게 쉽지 않았다. 그녀는 침묵에 사로잡혀버렸다. 잠깐 쉬는 것도 아니고 호흡을 고르는 것도 아니고 서로 나눈 푸석푸석한 말의 흐

방문

름 사이에 의도적 긴장을 조성하는 것도 아니었다. 그것은 마치 우리 앞에서 그녀가 잠들어버린 것 같았다. 우리는 차마 보지 말아야 했을 그녀 모습을 지금 보고 있다. 그녀가 넋을 놓은 것이 아니라 속으로 움츠러든 것이다. 그녀가 숨어버린 담장 너머로 넘어가는 것은 불가능했다. 이제 우리가 떠나는 수밖에 없다. 게다가 과연 우리 사이의 비가시적 선을 우리가 진정으로 넘어본 적은 있었던가? 우리가 함께 나눴던 예전의 시간은 더 이상 존재하지 않는다. 우리의 몸조차도 예전의 방식대로 움직이지 않는다. 그녀가 식탁 쪽으로 의자를 밀고 거기에 팔을 기대었던 그 몸짓, 우리가 보아왔던 그 몸짓을 우리도 진심을 다해 흉내 내어보았지만 소용없었다. 거기에서 그녀가 우리의 선의를 알아채고, 우리가 다시 방문했다는 것을 알아주기를 바랐다. 착각은 오래 지속되지 않았다. 방금 우리가 서로를 향해 다가가려고 움직이지 않으면서도 묵묵히 큰 노력을 기울였지만 이제 아무것도 남지 않았다. 과거의 생각으로 흔들렸고 지난 세월을 회고하며 잠깐 생기가 돌았던 이미지, 이제 무용해진 투명한 가면만이 우리 각자의 머리 위에서 부유했다. 그러나 이제 그 유령들조차도 서로 말을 주고받지 않았고, 그들 입에서 나온 잿빛 입김이 저녁 어둠이 점령한 천장 쪽으로 가늘게 피어올랐다가 금세 흩어졌다. 우리를 제각기 다른 길로 밀고 가는 시간은 무엇으로도 막지 못한 채 그렇게 흘러갔고 우리는 어느 날 그 길에서 고독한 죽음을 만날 것이다. 그녀는 이 세상에서 자기 몫을 가져본 적 없었고 그녀를 둘러싼 세상은 그렇게 돌아갔다. 그녀는 세상의 변화를 이해하지 못했고 그렇게 변화한 세상도 그녀를 변하게 하지 않았다. 짐을 잔뜩 실은 배 한 척이 적막한 황야의 끝에 붙은 외딴 바위 밑둥에 작은 파도로 생기를 불어넣고 지나가는 것처럼 그들은 작은 파도로 그녀를 감동시키려고 방문했다. 그녀는 그들을 이해하지 못한 채 환대했다. 부엌 찬장에 회색 전화기, 떡갈나무로 만든 여행용 궤짝 위에는 전깃줄이 뽑힌 커다란 텔레비전이 있었다. 그녀는 저녁에 텔레비전을 끄려다가 스위치를 찾지 못해 줄을 뽑아버렸다. 우리는 떠날 것이고, 그녀는 비록 기력은 없지만 설명이 불가할 정도로 단단하고 튼튼하게 남아 있을 것이다. 잔뜩 웅크린 모습, 회색 양말을 신은 짧은 다리, 작은 꽃무늬가 그려진 블라우스, 육중한 등

판, 밀랍을 입힌 식탁보 위를 짚고 있다가 갑자기 굳어지고 작아지고, 사진에 찍힌 것처럼 매끈한 손, 이 모든 것이 우리의 눈앞에서 끝없는 부동의 세계로 긴 여행을 시작했다.

"가실 길이 멀겠군요"라고 그녀가 말했다. 문 앞에 서서 그녀는 마지막으로 손을 들어 흔들었다. 그녀를 둘러싼 작은 집들의 벽들이 마치 평온한 얼굴처럼 저녁 여덟 시의 태양 쪽으로 얼굴을 돌렸다. 개 한 마리가 자동차의 타이어를 향해 짖어대며 동구 밖까지 우리를 따라오다가 숲이 나타나자마자 덤불 속으로 사라졌다.

{ 편지 }

사랑하는 아들에게

아무렇지도 않단다. 다 이해한다. 그리 기대하지도 않았단다. 지난 크리스마스도 마찬가지였지만 너희들이 도무지 휴가를 갖지 못하니 말이다! 나는 여기서 잘, 심지어 아주 잘 지낸다. 내 생일에 자매들이 아주 큰 케이크를 만들어주었단다. ('자매'라고 불렀지만 수녀도 아니고, 간호사도 아니란다. 여기에서는 그냥 '처녀'라고도 부르는데 그중 둘은 결혼했고, 막내는 약혼한 처녀란다. 그 처녀가 얼마 전에 젊은 청년을 데리고 와서 내게 아주 정중하게 문안 인사를 했지.) 초가 빠진 케이크였는데, 다행이지 뭐냐. 내 나이에 초를 켜면! 디저트로 샴페인, 아니 발포성 술을 마셨는데, 두서너 명은 가볍게 취했지. 어쨌거나 지난 시절의 좋은 추억이었지.

몇 가지 네게 물어보고 싶은 게 있는데, 그리 중요한 것은 아니고, 생줄리앙 집과 관련된 질문이란다. 마당 끝에 그 배나무가 있었는지 기억이 나지 않는 거야. 있었지, 그렇지? 혹은 네 아버지가 전쟁 후에 뽑아버렸던가? 앞으로는 지금처럼 이런 일로 너를 귀찮게 하지 않을 거야, 요새는 모든 걸 종이에 메모한단다. 지난 유월 말부터 메모에 기록한 게 무척 길어졌다. (이건 비난이 아니다.) 마들렌에게 장 프랑수아의 '정확한' 치수를 내게 보내라고 전하거라. 그것이 없으면 내가 그 아이의 스웨터를 마무리할 수 없다. 하긴 그것도 그리 중요하지 않구나. 요새는 오후 내내 텔레비전을 보는 습관이 생겼는데, 그때에는 작은 면회실에 아무도 없거든. (모두 잠을 잔단다!) 면회실! 네가 우리를 기다리다가 우리가 조금이라도 늦게 나오면 무척 신경질을 냈던 것을 기억하니. 차를 타서 네 아버지에게 여보, 천천히, 그렇게 빨리 몰지 말아요, 하고 말하면 그는 얼마나 짜증을 냈는지 몰라. 아, 그렇다. 신경질, 너도 신경질이라면 한가락 하잖니.

　네 마지막 편지가 내게 오는 데에 '아흐레'나 걸렸다. 편지가 니옹으로 배달되었던데 왜 거기로 갔는지 모르겠다! 눈이 침침하지만 근래 들어 나는 무척 많이 읽는데 여기 도서관이 시원치 않아서 책을 보내주면 대환영이다. 특히 단편 소설이 좋고 토마스 하디의 소설은 우선 시골에서 벌어지는 일이고 예전의 감정이 들어 있어서 좋다. 그 책은 크리스티안 부인에게 넘겼지. 다른 작품도 두말할 나위 없이 좋다.

누가 내게 편지를 보냈는지 아니? 라루 부인이란다! 보고도 믿기지 않더라. 불쌍한 그 노인네는 항상 집에 틀어박혀 산다. "앞으로 얼마나 더 살까?"라고 썼더라. 두 아들이 미국에서 산다고 하더라. 굳이 말하자면 나만 혼자 사는 게 아니란 거다. 이층에 나만의 독방이 생긴 후부터 아주 편해졌다. 창가에 식탁을 두고 침대는 반대편으로 붙여놓았지. (너는 이 방을 본 적이 없겠구나. 상관없다. 내가 설명해줄게.) 그랬더니 소파에 앉으면 마옌이 훤히 보인다. 요새 풍경이 그닥 볼품은 없지만. 봄이면 라발의 도로로 이어지는 도로가 생길 거다. 앞으로 야단법석을 떨 것이고 아름다운 나의 포플러 가로수가 다 잘려나갈 텐데! 네가 어릴 적에 낚시를 가면 너를 포플러 그늘 아래에서 재우고는 했지. 그늘 아래는 위험하지 않으니까.

다음 주에 크리스티안 부인의 딸이 방문할 때에 마들렌

의 예쁜 판화를 액자에 넣기 위해 마분지와 유리를 사다달라고 부탁할 거야. 나는 라발까지 시외버스를 타고 갈 엄두가 나지 않는다. 마들렌에게 감사하다는 말을 해주면 좋겠다. 그리고 판화 제목을 잘라버렸다. 나 같은 늙은이 처지에 〈장님의 집〉이라는 제목이 너무 쓸쓸하더구나. 자, 이제 그만 줄이겠다. 운전 조심하고 매번 올 때마다 선물을 들고 오지 마라. 내 선반이 이제 무슨 진열장이 된 거 같아 거의 창피할 지경이다. 여의사가 "부인 아이들이 여행을 자주 하네요"라고 하더라. 사탕 선물 정도는 좋다. 특히 '퀼리티스트리트'가 좋더라. 바느질 깡통으로 쓰기에 아주 편하더라.

네 세 식구에게 사랑을 전하며 이만 줄인다.

{ 루이즈 }

루이즈는 1896년 3월 15일생이다. 출생신고를 하러 시청에 갔던 그의 아버지는 당시 풍습에 따라 성자 축일의 이름을 따고 출생일 전후의 두 성자 이름을 덧붙였다. 그래서 그녀 이름이 루이즈 마틸드 베네딕트가 되었고, 아버지의 의견에 반하지만 그달 말에 세례를 받았음에도 세례 만찬은 하지 않았으며, 그녀 어머니는 난산에서 회복되지 않아 세례식에도 참석하지 않았다. 다섯 시 무렵 산모에게 아기를 보여주자 그녀는 가늘게 흐느끼며 머리를 벽 쪽으로 돌리더니 울기 시작했다. 이미 다 커버린 두 딸과 아들 하나는 묵묵히 원형 식탁에 식기를 차렸고, 집 안에서 불을 땔 수 있는 유일한 곳인 넓은 방에 산모의 침대를 옮겨놓았다. 다른 이들은 모두 운하 배가 목재를 싣고 느릿느릿 지나가는 강이 보이는 불규칙한 모양의 두 개의 창이 동향으로 난 추운 방에서 잤다. 아버지는 일찍 출근했는데, 여름철에는 새벽 네 시에 일어나 연장, 사다리, 석회 가루를 물에 푸는 데 쓰는 커다

루이즈

란 대야를 실은 손수레를 끌고 공사판으로 갔다. 겨울철 일요일에는 말수도 적고 이미 나이도 들은(루이즈가 태어났을 때 아버지는 마흔여덟 살이었다) 아버지는 톱질해서 다리를 짧게 만든 의자에 앉아 하루를 보냈고 벽난로를 마주하고 장작을 뒤적거리다가 가끔 불씨를 꺼내 담배 파이프에 불을 붙였다. 여름에는 다섯 시에 집을 나섰고 여덟 시나 아홉 시가 되어서야 더운 숨을 내쉬며 귀가했다. 밖에서 열쇠 꾸러미 소리가 들리고 문이 열리면 공동 계단의 냄새가 안으로 들어왔다. 아파트는 좁고 누추하지만 꽤 튼튼했다. 바둑판 무늬로 타일이 깔린 현관이 하나, 한쪽으로 나란히 들어선 방 두 개가 있다. 1914년 전쟁이 끝난 후 일에서 손을 뗀 아버지는 복도에 크림색 칠을 바르고 바닥에 작은 밤색 무늬가 찍힌 리놀륨 바닥재를 깔았다. 그가 집에 노력을 기울인 유일한 실내 장식이었다. 식구들은 회색 석재로 된 수채구에서 몸을 씻었다. 아이들이 크고 제각기 흩어졌고 남은 방에는 잠을 자거나 예전의 홍수가 하얀 띠 모양의 흔적을 중간 높이에 남긴 두 개의 장롱 중 하나에서 무엇인가를 꺼낼 때에만 들어갔다. 드물게 여는 덧창의 그늘 속에 액자가 반짝거렸고, 유리를 낀 사진, 둥그런 유리 상자 아래에 잡동사니들이 있었다. 장식 줄로 테를 두른 장방형의 펠트들이 입구 문 위의 반짝거리는 타일에 나란히 정렬되어 있었다.

도시는 강을 따라 길게 늘어져 양쪽 동네로 구분되었다. 아랫동네는 매년 가을부터 초겨울까지 물에 잠겼다. 눈이 녹아 불어난 강물이 산울타리로 나뉘진 평평한 들판을 덮치고 검은 물로 언덕을 뒤덮으면서 썩는 냄새를 풍기는 두터운 쓰레기 더미를 지하실에 남기고는 했다. 석재로 만든 유일한 강변 축대의 벽에는 물이 찼던 높이를 빨간색, 그 홍수의 연도를 까만색으로 표시한 표지 막대가 달려 있었다. 다른 쪽 벽은 제2차대전 후에도 완만한 풀밭 언덕일 따름이었다. 약간 낡았지만 짙은 색 석재로 지은 아름다운 집들의 몽상적이며 동시에 신중한 전면은 서쪽을 향하고 있다. 지난여름 낮아진 수위에 드러난 말뚝들이 나란히 꽂혀 있는 데는 여기저기에서 물줄기가 끊겼고 거기에서 오월 어느 날 저녁 루이즈의 삼촌 시체가 발견되었다. 루이즈 어머니의 가장 어린 형제였던 그는 어느 먼 나라에서 체험한 전쟁의 후유증에서 회복되지 못했고 그 후 어찌 살았는지 몰랐는데, 죽은

루이즈

경위도 알 수 없었다. 강을 건널 수 있는 다리는 하나뿐이었다. 강의 상류에는 도선이 있었다. 사람들은 바닥이 평평한 배를 이용하기도 했는데 끝이 좁고 기다란 장대를 수직으로 세워 고물 노처럼 이용해서 강을 건넜다. 물의 흐름과 중앙 교각 아래의 소용돌이를 조심해야 했다. 잠깐 물길을 따르다가 교각 직전에서 뱃길을 틀어야 한다. 교각을 지나면 다른 물길이 배를 강변으로 밀쳐냈다. 루이즈가 세례를 받았고 17세기 초에 위르쉴린 교단이 캐나다로 떠나는 출발지로 삼았던 교회가 있고 그 안에는 검게 변한 일련의 봉헌 그림이 있다. 그 그림에는 뒤집어진 배들, 뻣뻣해진 다리를 손가락처럼 활짝 펴고 거꾸로 허공으로 튕겨 나간 사람들, 석재 제설기에 충돌하여 기다란 판장으로 부서진 배들이 그려져 있다. 강의 수위가 최고조에 이른 겨울에 방과 후 아이들은 힘차게 소용돌이치다가 교각 앞에서 움푹 파이는 강물을 햇살이 가늘어질 때까지 구경하려고 몰려갔다.

윗동네는 언덕 위에서 포도밭까지 펼쳐져 있다. 포도밭 주인들은 늘그막에 앞에 정원, 뒤에 텃밭이 딸리고 입구 양쪽에 커다란 창문이 나고 주방 찬장 위로 풍경화가 그려진 큰 집에 살려고 온 사람들이다. 아랫동네 사람들은 이곳에 하인, 하녀, 일용노동자, 마차꾼으로 일하러 온다. 집은 뱃사람들이 귀한 목재를 운송하여 떼돈을 벌던 시절인 지난 세기에 지었던 강변의 집들보다 덜 아름다웠다. 그 시절은 이제 지나갔다. 그리고 지금은 강 수면에 커다란 녹색 그늘을 드리웠던 짙은 색깔의 거실 덧문을 더 이상 열어두지 않는다.

　오빠, 언니들보다 훨씬 나중에 태어난 루이즈는 일찌감치 부모 곁에 홀로 살게 되었다. 언니 중 하나는 툴로 떠나 거기에서 결혼했고 또 다른 언니도 이미 비에르종에 터를 잡았다. 오빠는 철도청에 입사하여 백여 킬로미터 떨어진 곳에 정착하고 결혼까지 하더니 서너 달에 한 번쯤 집에 들렀고 나중에는 루이즈보다 약간 어린 아기들을 데리고 왔다. 그런데 남편보다 훨씬 젊었던 루이즈의 어머니는 다시 몇 차례 임신했으나 어떤 아기도 살아남지 못했다. 그녀가 너무 약해서 출산까지 이르지 못했거나 이웃집 여자들의 도움을 받아 어떤 처리법에 의존했기 때문일 것이다. 루이즈는 열 살 때 시커메진 커다란 핏덩이가 남아 있는 침대보 뭉치를 물에 헹구라고 부르면 두말하지 않고 시키는 대로 할 정도로 철이 들었다. 당시에는 보호소라 불렸던 곳에서 그녀는 이 년을 보냈다. 거기에서 나와 머리를 땋고 검은 놀이옷을 입고 회색 양말을 신고 학교에 입학했다. 온순하고 천성적으로 순종적이며 말이 없는 그녀는 물어볼 때만 답을 했고 쉴 새 없이 손을 들고 말을 하려는 조바심 많은 아이가 아니었으며 그 어떤 특별한 자질도 내보이지 않았다. 읽기는 아주 빨리 익혔고 셈하기는 어렵게 배웠고 멋없게 그렸고 작은 목소리로 노래했고 아주 깨끗한 바느질 숙제를 제출했다. 오락 시간에는 조금 활기를 띠었으나 원무를 추는 아이들이 너무 요란스럽게 그녀 곁을 지나면 눈을 질끈 감았다. 그녀 삶의 가느다란 물줄기는 거의 아무 소리도 내지 않고 완만한 언덕의 모래강변 사이로 곧장 흘러갔다. 저녁에 숙제를 마치면 원탁에 밥상을 차려놓고 아버지가 퇴근하면 읽던 책을 덮었다. 소리 없이 혼자 놀 줄 아는 그녀는 얇은 천으로 자기 인형에게 씌울 모자를 만들었고, 그래서 부모는 그녀의 미래를 여성용 모자 제조공이라고 결정했다. 식사 후, 아버지는 그녀를 불러 그녀가 만든 앙증맞은 것을 들고 흰색 염료로 얼룩진 손가락으로 만지작거리며 잠깐 동안 그녀의 납작한 허리춤을 잡아당겨 무릎 사이에 잡아두더니 물병 바닥에 남은 물로 불을 끈 다음 잠을 자러 갔다. 시간이 흘렀다. 일곱 시가 되면 숄을 허리춤에 찔러넣고 학교로 갔으며, 셈이 틀렸다고 꾸중을 들으면 평온한 눈길로 쳐다보고는 했다. 그녀는 키가 별로 자라지 않아 학급에서 중간 정도 되었다. 희끄무레한 머리카락 아래의 얼굴은 동그랗고 조금 물러 보였다. 목요일에도 그녀는 그닥 지치지 않았고 어머니가 창가에 앉아 궁상을 떨며 바느질을 하다가 심부름을 시킬 때까지 그녀는 아무 일도 하지 않고 앉아 있었던 적도 있다. 심부름을 시키면 벌떡 일어나 계단을 뛰어 내려갔다. 다 자란 후에는 주방에서 잤고 부모님의 침대가 삐걱거리는 소리와 어머니의 부드러운 신음 소리를 어둠 속에서 눈을 뜬 채 듣는 습관이 생기기도 했다. 그녀의 그런 모습이 화장실에 가려고 일어났던 아버지에게 들켰다. 아버지는 침대 가장자리에 앉더니 말했다. "무슨 일이니, 루이젯(루이즈의 애칭), 자지 않는 거야?" 그녀는 아무 대답도 하지 않았다. 아버지는 루이즈를 침대에 눕히고 이불을 덮어주었으며 그다음 날 어머니는 예전에 아기들을 낳았던 부엌 한구석에 침대를 마련해주었다.

열두 살에 루이즈는 졸업장도 따지 못한 채 학교를 떠났다. 아버지는 그 때문에 한동안 언짢아했고 어머니는 시집가고 애 키우고 나이보다 일찍 늙어가는 여자들에게 그게 꼭 필요한가, 하며 어깨를 한 번 으쓱하고 그만이었다. 그리고 무거운 아랫배와 이미 희끗희끗한 머리카락을 툭툭 건드렸다. 그녀는 한때 재봉사였고 루이즈와는 달리 활동적이었다. 그녀는 열일곱 살에 결혼했고, 그것은 멍청한 짓이었으며, 강물이 보이는 이 우울한 아파트로 와서 살았다. 그들은 거주지를 바꿀 수도 있었는데 그러려면 일찌감치 이사했어야 했다. 예를 들면 정원이 딸린 집으로. 그러나 습관과 자금 부족으로 그러지 못했다. 남편이 은퇴 직후에 죽었듯이 그녀는 루이즈가 떠난 지 십 년 후에 죽었다.

학교를 떠난 그녀는 계획대로 오부르 거리의 봉제 가게에 견습공으로 들어갔다. 그곳에서는 모자도 만들었다. 그녀의 지평은 넓어졌으나 천성이 달라지지는 않았다. 그녀는 계속 부모 집에서 머물며 공방을 정리하고 당시 풍습대로 가끔 여주인의 집안일까지 마친 후 저녁 여섯 시에 귀가

했다. 학교에서 중간쯤 머무는 학생이었지만 착하고 얌전했다. 그녀의 소박한 성품이 견습공이라는 새로운 직업에서도 이어졌다. 세상을 있는 그대로 받아들이는 데에는 루이즈만큼 적당한 사람도 없었다. 동구 밖에서 멈추는 세상, 깊은 초록색 물이 흐르는 작은 개울에서 멈추는 세상. 그녀의 언니가 둘째 딸을 낳자 그녀는 툴에서 보름을 보냈다. 그녀 나이가 열여덟 살이었고 처음 기차를 타보았던 그때가 1914년 초 무렵이었다. 그녀는 모두 비슷한 마을들과 똑같은 들판들을 지나갔다. 삼등 열차 유리창 틀 안에 들어온 샤르트르 대성당의 크기가 다른 두 개의 뾰족한 피뢰침을 심드렁하게 바라보았고 열차를 갈아타기 위해 파리에서 동역 승합마차를 타고 석벽으로 된 좁은 강변에 갇혀 흐르는 센강을 무덤덤하게 보았지만 벌써 무더워진 날씨로 세바스토폴 거리에서 피어오르는 먼지에 놀라기도 했다. 그녀를 둘러싼 이 지방, 그녀의 고향이었던 그곳이 그녀에게 속해 있는 것이 아니었다. 차분하고 온화하며 열정 없는 그 표정, 주변을 느릿느릿 두리번거리는 그녀의 태도, 세상 속에서 사물처럼 존재한 그 방식으로 인해 차라리 그녀가 세상의 일부를 이루고 있는 편이었다. 그 땅에 붙은 지명들(보스, 브리, 샹파뉴)처럼 학교에서 배웠던 지명, 그리고 역의 이름이 붙은 전면부에 새겨진 그 지명 앞에 생마르탱 앙 부스, 뤼비시 드 샹파뉴와 같은 낯선 지명이 붙은 지명이 주마등처럼 그녀 눈앞에서 나타났다가 곧바로 사라졌다. 그곳은 그녀 고향이었고 다른 곳은 모르는 데였다. 그래서 그녀가 고향 아닌 다른 데에서 태어날 수도 있다는 것은 상상조차 하지 않았다. 그녀 앞에 열차의 흐름에 따라 아무렇지도 않게 색깔이 달라지고, 기념비와 풍경이 펼쳐지며, 다른 사람들에게 속한 풍요로운 세상이 보였지만, 그것은 그녀가 결코 자기 고향으로 삼을 수 없는 것들이었다.

열차 안에서 그녀의 맞은편에 있는 한 신사가 책을 읽고 있었다. 그는 책 너머로 그녀에게 미소를 짓더니 그녀가 아무 반응을 보이지 않자 "읽고 싶으세요?"라고 하더니 책을 한 권 내밀었다. 그 안에는 판화가 들어 있었다. 무심코 책장을 넘기다가 그녀는 갑자기 이마까지 피가 올라오는 것이 느껴졌다. 헝클어진 침대와 쌓여 있는 베개를 배경으로 완전히 알몸인 남자들과 긴 머리를 풀어헤친 갸름한 얼굴의 여자들이 사지를 뒤섞으며 복잡한 자세를 취하고 있었다. 그녀는 잘 차려입은 신사의 눈길을 느꼈고 아무 말 없이 책을 돌려주었다. 잠시 후 그녀는 더 이상 책에 관해 생각하지 않았다. 아마 이 일이 가끔 생각난 적도 있었겠지만 결코 입밖에 내지는 않았다. 스무 살에 그녀는 성장을 끝마쳤고 이제 기다리는 일만 남았다. 몸매가 묵직해지고 허리는 이미 두툼해졌다. 그녀의 삶은 이제 별로 배운 것도 없었지만 이미 알았던 것을 확인하는 것 외에는 다른 아무것도 아니었다. 어린 시절의 동그란 얼굴 모양새는 그대로였다. 두 눈은 거의 탈색된 듯 투명했고 안쪽으로 너무 몰려 있었다. 다리는 짧고 발목은 가늘었다. 특히 가슴이 너무 튀어나와 부끄러웠다. 작은 코르셋으로 동여맸고 공장 여자 동료가 자기 애인의 남자 동료가 그녀를 좋아했다고 전하며 만날 때마다 "네 친구, 그 가슴 큰 여자 잘 지내고 있니?"라고 묻더라는 말을 들을 때마다 그녀는 화를 냈다. 동료는 그 남자가 꽤 괜찮은 사람이고 뷜록 공장의 기계유지부에서 일한다고 했다.

그녀는 강물 위의 거무룩한 봄 하늘, 갑자기 연둣빛 잎새로 장식되는 포플러나무들과 같은 미묘한 계절의 변화와 더불어 세월이 가는 모양을 차분히 지켜보았다. 여사장도 그녀에게는 만족스러웠다. 1917년에 미망인이 된 사장은 그녀를 전적으로 신임하고 가게를 그녀에게 맡겼다. 루이즈는 당연히 자기도 언제인가 결혼하겠지만 당장은 아니라고 생각했다. 그녀의 운명은 알렉상드르 뒤마 거리의 부엌에서 태어나면서 결정된 길에서 벗어나지 않았다. 학교를 떠난 후에는 패션 잡지나 『프랑스사냥꾼』과 같은 잡지를 뒤적인 것 외에는 책을 읽어본 적 없었다. 스물한 살이 되었을 때 오부르 거리의 사장 집에 작은 방을 얻었다. 어느 날 저녁 몸이 아픈 여공 하나가 가게로 남자 친구를 보내(두 사람은 이 년 전부터 동거했으며 사장도 그 사실을 알고 있었다) 그녀가 다음 날에야 출근할 거라고 말했다. 푸른 작업복 차림의 그는 공장에서 퇴근하는 길이었고 직장 동료 하나가 따라왔다. 두 사람은 잠깐 루이즈와 대화를 나눴고 여공의 남자친구는 마치 미리 약속이라도 한 듯이 루이즈와 자기 친구만 남겨두고 황급히 자리를 떴다. 매일 저녁 그랬듯이 루이즈는 덧문을 닫고 모자를 정리한 후 현금 상자를 위층에 올려놓으려고 했는데 젊은 남자가 그녀 뒤로 다가와 낮은 목소리로 "일요일에 만날 수 있을까요, 함께 춤이라도 추러 갈까요?"라고 했다. 그녀가 뒤돌아보지 않고 움직이지도 않자 그는 더욱 가까이 다가왔다. 그에게서 가열된 금속 냄새, 윤활유 냄새, 이발소 비누 냄새가 뒤섞인 게 느껴졌다. 그가 불쑥 한 걸음 더 다가와 루이즈 겨드랑이 사이로 손을 들이밀더니 그녀 가슴을 한 움큼 움켜쥐고 놓아주지 않았다. 그리고 그는 젊은 여자의 어깨 위에 이마를 기대었다. 그들은 한동안 그렇게 있었고 남자가 성큼 한 걸음 물러나더니 아무 말 없이 나가버렸다. 그녀는 가게 문에 달린 작은 종이 내는 딸랑거리는 소리를 듣고 재빨리 위층으로 올라갔는데 얼굴조차 붉어지지 않았지만 그냥 머리가 너무 아파서 얼른 잠자리에 누웠다.

그들은 유월에 결혼했고 돈이 없어서 당분간 루이즈의 여사장 집에서 지내기로 했다. 여사장은 이층 창고에 작은 부엌을 설치하는 것을 허락했다. 루이즈의 할머니가 준 원탁과 의자 네 개, 풍로, 그리고 중고품 가게에서 찾은 찬장을 빼고는 가구도 거의 들이지 않았다. 그날 루이즈는 중고품 가게에서 호리호리한 몸매에 치마를 입고 한쪽 팔을 앞으로 뻗고 다른 쪽 팔은 깨지고 머리를 한쪽 어깨 위로 기울인 자세를 취한 모조 청동 인형이 마음에 들어서 그것도 함께 샀다. 공장이 시내 끝에 있어서 피에르는 자전거를 샀다. 그는 그의 아버지가 그랬듯이 아침 다섯 시 무렵 집에서 출발했다. 루이즈의 아버지가 아직도 그러하듯 날씨가 좋은 날에는 공장 마당에서 다른 동료들과 함께 바닥에 앉아 점심을 먹었다. 루이즈는 점심 도시락을 만드는 법을 익혔고 그는 공장에서 그것을 데워 먹었다. 저녁에 그가 퇴근하면 루이즈는 마당의 견습공 공방 벽에 자전거를 기대어두는 소리를 듣고 위층으로 올라갔다. 일요일에는 함께 축구를 보러 갔고 나중에는 극장에도 갔다. 일요일 아침 그가 침대에 비스듬히 누워 거울 앞에서 옷을 입은 그녀를 보다가 "잠깐만" 하고 그녀에게 다가와 목덜미에 입을 맞추고 가슴을 두 손 가득 잡아 끌어모은 후 얼굴을 파묻었다. "공장이나 기계 앞에서도 매일, 항상 이게 보인다니까, 이리로 와, 아직 시간이 많으니까"라고 했다. 그녀는 남자들이란 항상 여자들을 이렇게 함부로 다룬다고 생각하고 그냥 하는 대로 내버려두었다. 그는 무겁고 뜨거웠고 곧바로 잠들었다. 그에게 물어보지는 않았지만 그녀는 친구들의 충고에 관해 생각했고 이 년이 지나도 여전히 아이가 들어서지 않아 놀랐다. 그녀는 항상 그가 먼저 다가오기를 바랐지만 하루 예외가 있었다. 그날 저녁 두 사람은 자리에 누웠으나 잠이 오지 않았다. 그녀는 남편 쪽으로 손을 뻗어 마치 무심결에 만진 것처럼 그의 잠옷 속으로 손을 집어넣어 쓰다듬기 시작했다. 그는 웃으며 그녀 쪽으로 돌아눕더니 "아, 원한단 말이지, 그렇지" 하더니 벌떡 일어나 이불을 내던지고 그녀 위로 올라타고 윗도리를 위로 올려 붙잡은 채로 허리에 힘을 주고 이마, 코, 입술로 달려들었고 그녀는 고집스레 입술을 벌리지 않았다. "하란 말이야, 루이즈"라고 낮은 목소리로 재촉했다. 그녀는 얼굴을 돌리고 울기 시작했다. 그는 털썩 눕더니 이불을 끌어올린 후 잠들어버렸다. 그들은 아무 말도 나누지 않았다. 그리고 조금 시간이 흘렀다.

　병원에서 그녀가 나왔을 때, 그는 아치 아래에서 한 손으로 자전거를 붙들어 그녀를 기다리고 있었다. 이번에도 아니었다. 그는 자전거를 들어 두 번이나 바닥에 내동댕이쳤다. 자전거의 벨이 부르르 울렸다. "뭐라고? 아니라고?" 그녀는 어깨를 으쓱거렸다. "검사를 해봐야 한대요, 누구에게 책임이 있는지 모른다네요." 그는 멈칫 말을 뚝 끊었고 그녀를 돌아보았다. "뭐라고? 책임을 져야 한다고?" 그가 아무 책임 없다는 것은 누구보다도 그 자신이 잘 알고 있었다. 그녀는 그가 무슨 뜻으로 그런 말을 하는지 알려고 들지 않았다. 그녀는 문제는 자신에게 있다고 생각했다. 그리고 한동안 유아용 모자, 전차에서 자리를 양보받는 여자들의 불쑥 솟은 배를 죄지은 사람의 눈길로 바라보았다. 봄이 되자 루이즈는 기관지염으로 삼 주간 일을 쉬었다. 그녀는 지루했다. 오후에는 두 개의 창문 중 학교 앞마당이 내려다보이는 커다란 창가에 앉아 아이들이 노는 모습을 보았다. 아이들 중 머리카락이 뻣뻣한 까만 눈의 꼬마를 불러 사탕을 주고 작은 의자에 앉혀놓고 머리를 빗어주고 싶었다. 전차가 요란한 소리를 내며 지나가면서 아이들의 재잘거리는 소리를 덮어버렸다. 그녀는 자리에서 일어났고 기관지염은 지나갔다. 병이 낫자 그때 일은 아주 드물게 기억날 뿐이었다. 매주 토요일과 일요일 오후마다 두 사람은 예전보다 더욱 자주 외출을 했다. 피에르는 공장에서 반장으로 승진했고 그들은 함께 부부 사진을 찍었다. 그녀는 작은 면사포를 들어올린 작은 모자를 깊게 눌러썼고 소매가 부풀어 오른 물방울 무늬 블라우스를 입고 레이스가 달린 앞섶은 브로치로 잠갔다. 사진사가 말렸는데도 남편은 한 팔을 루이즈의 어깨 위에 얹었다. 가운데로 높게 가르마를 탄 그의 머리카락이 반짝거렸다. 크게 벌린 콧구멍이 가느다란 콧수염 위에서 벌렁거렸다. 검은 액자에 넣은 그 사진은 끈이 끊어질 때까지 그들 방의 탁상 위에 걸려 있었다. 루이즈는 끈을 결코 새것으로 갈지 않았다.

같은 해 팔월, 그들은 친목 단체와 함께 포Pau와 비아리츠Biarritz를 여행했다. 물거품을 일으키는 바다의 파도, 줄무늬 천막들, 보모를 동반한 아이들, 어부들과 퍼덕거리는 정어리가 가득 찬 바구니 등이 펼쳐진 광활한 해변을 보고 놀라움을 감추지 못했다. 스페인 국경으로 산책 가서 얻은 마늘 목걸이를 루이즈는 차마 풀어버리지 못했지만 가루가 떨어지면서 썩은 냄새를 풍기는 바람에 버려야만 했다.

전쟁이 선포되었을 때 그녀는 마흔네 살이었고 마흔다섯 살인 피에르는 다른 사람들처럼 징집되었으나 포로가 되지 않은 채 루아르강 건너편에서 제대해서 귀향할 수 있었다. 전쟁은 그들 삶에서 짧은 일화였고 피에르는 매일 똑같은 일화 몇 개를 늘어놓고는 했다. 몇 년 후 그들 기억에는 독일 점령기가 투쟁과 희생의 시절이 아니라 일련의 궁핍으로만 남았는데 그마저도 농촌이 가까워서 요령을 발휘한 터라 상대적 궁핍이었던 셈이다. 그런데 레지스탕스를 국경선 너머로 보내려고 열차의 이중 바닥 속에 숨겨주었던 차량 차고 직원과 열차 기관사가 체포되어 총살을 당하기도 했다. 루이즈는 펑펑 울었는데 옛 동료의 남편이 거기에 끼어 있었기 때문이다. 전후에 새로운 역전 광장의 명칭에 그들의 이름을 붙여주었고 중앙은 도시의 문장이 새겨진 화단과 시계탑으로 장식되었다. 마치 눈에 보이지 않는 강의 물결에 따라 그들이 만났듯이 전쟁도 이렇듯 그들 삶을 가로질러갔다. 폐허, 학살, 파괴, 기아도 강물에 실려 그들도 지명만 겨우 알 뿐 지도를 펴놓고 짚어보라면 아리송한 어느 지역으로 흘러들어갔다. 이런 사건들은 어떤 체험이나 교훈의 흔적이라기보다 묵직함, 피곤함만을 그들에게 남겼다. 그런 세월 내내 루이즈는 세상의 강물에 한 발만 들여놓은 채 거리를 두고 살아왔다. 마치 사람들이 말하는 세상만사라는 것이 그것을 이해할 만큼 단련되고 능숙하게 낚아챌 수 있는 다른 사람들에게 관련된 것이지 자신과는 무관하다는 것을 막연하게 느꼈던 학창 시절처럼 지금까지 그렇게 쭉 살아왔다. 그녀는 빈손으로 태어났고 세상이 그렇게 돌아간다고 해서 우울하지 않았다. 그래서 자신이 선택하지 않은 때와 장소에 처했어도 거기에 만족했다. 그 복잡한 사정을 따져보려고도 하지 않은 우연의 힘에 떠밀려 그녀가 그저 그런 처지에 놓인 것이다. 하지만 그녀가 던져진 세계의 어느 한 지점은 그녀의 중심이기도 했다. 그것은 마치 우리가 어느 풍경 앞에 서면 그 시야의 중심이 되는 것과 마찬가지다. 눈앞에 바다가 있고, 뒤에는 우리가 방금 지나쳐 온 빌라들이 나란히 서 있으며, 왼쪽에는 절벽, 오른쪽에는 항구 입구가 있고 어선 위로 물새 울음소리가 가득하다. 그녀의 고향, 거기에서 사용하는 말, 그녀가 태어나고 결코 떠난 적 없는 도시의 말투, 이런 것들이 동심원의 물결을 그리며 퍼져가는 일정한 공간을 구성했다. 그녀는 그 물결의 첫 번째 동그라미만을 지났고 이제 그 윤곽이 점차 흐릿해지는 동그란 세계를 향

루이즈

해 수평선 너머로 계속 규칙적 흐름을 따라가고 있었다. 그것이 세상의 순리다. 질병, 돈 걱정, 그리고 먼 훗날의 죽음처럼 순리로 보이지 않는 것도 있지만 그것마저도 순리다. 신비롭고 아마 이해할 수 없을 수도 있지만 비가시적이며 정확한 그 물밑의 원칙에 따르는 순리 말이다. 매사, 매 행동이, 자연의 모든 것과 인간관계를 동시에 주재하는 자연스러운 인간 사회에 연관되며, 그 인간 사회의 원리에 따라 신문지일 면에 짙은 색 정장 차림의 새로운 인물이 등장하고, 봄마다 커다란 가로수가 다시 생기를 되찾고, 어떤 도시의 어떤 동네에 은장 글씨가 새겨진 검은색 장례 휘장이 걸리기도 한다. 세계의 이러한 거대한 흐름은 아주 오래전에 시작되었으나, 강변에 앉아 강물의 흐름을 바라볼 때 그 시원지를 생각하지 않는 것처럼 그녀는 그것에 관해 생각하지 않았다. 그녀보다 앞서 이 세계와 도시에 살았던 사람들이 조용히 켜켜이 쌓여갔고 그중 그녀가 알고 있는 유일한 사람이었던 할머니보다 앞선 세대부터는 모두 사라져버렸다. 그들은 너무 다닥다닥 붙어 있던 나머지 구별되지 않는 하나의 그림자와 다름없었고 시간 속으로 사라져버린 유성의 꼬리와도 같았다. 자신의 죽음마저도 루이즈에게는 매 순간 다가오는 위협이라기보다 추상적 필연성으로 보였다. 어떤 끝, 종료, 항상 뒤로 물러나는 지평선 위에 박혀 있는 표지석. 그녀가 습관적으로 말하던 "어느 날에는 떠나야만 하겠지"와 같은 것이었다. (비록 그런 일이 벌어질 거란 사실은 의심할 수 없지만) 그런 날이 머릿속에서 거의 그려지지 않았다. 왜냐하면 그녀는 자신이 없는 세계를 전혀 그려볼 수 없었기 때문이다. 예컨대 그녀는 어떤 책을 읽다가 사라진 세계에 대한 실감이 너무 생생한 나머지 우리 자신의 존재 자체가 의심스럽고 그 종말이 확실하다고 생각한 적이 한 번도 없었다. 그런데 보다 깊게 파고들어서 죽음을 생각하다보면 죽음에 대한 어떤 이미지가 떠오를 때도 있었다. 그것은 우리가 떠나버린 방과 같은 것이리라. 방을 나가며 문을 닫는 것만큼이나 쉬운 일이 어디 있으랴. 가구들은 어둠 속에서 얌전히 기다릴 테고.

피에르가 은퇴한 해에 죽자 루이즈의 삶은 그녀에게 주어진 마지막 형태를 취하게 되었다. 그녀는 오부르 거리의 방 두 개짜리 집을 떠나 언덕배기 단지의 새 아파트로 이사

했다. 오각형의 대지 위에 콘크리트 블록으로 세운 삼층 건
물에다가 오각형 발코니가 딸리고 입구는 항상 시끄럽고 아
이들의 자전거로 지저분하고 아직 잔디가 자리 잡지 못한 두
개의 작은 언덕 위의 저택을 사람들은 언덕배기 단지라 불렀
다. 겨울이면 안개 때문에 시야가 멀리 이어지지 못했다. 토
요일에 그녀는 예전처럼 시내에 나와 장을 보러 성당 광장
에 내려왔고 일요일엔 이웃끼리 순번제로 돌아가며 베르무
트 찻잔을 앞에 두고 카드놀이를 했다. 매번 다섯 번째 일요
일에는 그녀 집으로 차례가 돌아왔다. 카드놀이 단골 이웃
중 병에 걸렸거나 아이들 집에 붙잡혔거나 뷜록의 은퇴자들
과 더불어 여행을 떠난 사람들이 있어서 한두 명의 자리가
비었다. 한 주씩 순번제를 하다보니 달과 계절이 바뀌고 그
에 따라 그들은 차분하게 죽음을 향해 다가갈 수 있었다. 루
이즈는 텔레비전을 샀다. 논에 빠져 죽은 시체들, 호숫가 대
형 호텔에서 맺어진 평화협정, 지금은 아랍 술집이 가득 들
어선 염색 공장지대 운하에서 어느 날 가을 저녁에 건져 올
린 익사자 등 그 시절 벌어졌던 모든 일, 그녀가 이전에는 모
르고 지나쳤을 법한 그 소동으로 혼란스러운 세상사가 뻣뻣

한 잎이 난 화분들과 발로리스 도자기 그릇이 얹혀 있는 찬
장 사이로 매일 저녁마다 흘러 지나갔다. 그녀는 전등을 하
나만 켰고 고르고 골라서 구입한 소파에 앉아 가끔 까무룩
잠들었다가 화염 소리, 사막이나 정글에서 요란하게 울리는
자동소총 소리에 잠에서 깨곤 했다. 그렇다고 텔레비전에 압
도되진 않았다. 오랫동안 습관적으로 무관심에 젖어 살았
던 터라 그녀는 이런 자극적 화면과 난폭한 소음에 귀가 먹
고 눈이 멀어버렸다. 그녀의 세계는 넓어지지 않았다. 이제
는 세계가 둘로 나뉘었다. 자잘한 반복이 항상 규칙적으로
일어나는 그녀의 세계, 창문을 열어놓고 가사에 몰두하는 소
박하고 경건한 세계다. 그리고 또 다른 세계는 그녀가 살짝
엿보았더니 거부감을 일으키는 불안하고 불확실한 세계다.
그녀는 완강한 고집으로 온몸을 두 겹으로 무장하여 그 세
계에 대항했지만, 결국 매일 같은 시간에 가짜 자단紫檀의 사
각형 상자에서 쏟아내는 세계의 바깥 저 너머에 진정으로 어
떤 세계가 존재하는지 의심하기에 이르렀다. 추위를 느낀 그
녀는 어깨를 으쓱거리곤 자리에서 일어나 버튼을 눌렀다. 영
상은 마치 안쪽으로 삼켜지듯 사라져버렸다. 너저분한 것

들! 하고 그녀는 중얼거렸다. 그리고 그녀 머리 위로는 위층 이웃의 굽 높은 구두 발자국 소리, 아이들의 울음소리뿐 그 외에는 아무것도 없는 세상 같았고 등이 아파서 눕고 싶어졌 다. 전쟁들, 난폭하고 난해한 사건들은 모두 이 상자에서 쏟 아져 나온 것이었다. 그것을 안에다 쑤셔 넣고 아무것도 없 는 것으로 만들기 위해서는 버튼만 누르면 그만이었다.

그녀의 고집과 완강하고 끈질긴 거부감도 한 가지 대 목에서는 예기치 못하게 무너졌다. 그녀가 겪어보지 못한 생 활의 편의와 그에 따른 새로운 삶의 안락함에는 거부감이 무너졌다. 그녀는 삼십 년 동안 매일 저녁 지하실에서 석탄 을 옮겨야 했고 토요일마다 목욕하려면 물을 끓여야만 했 지만, 이제 방 두 개짜리 아파트의 타일 욕조 바닥에 미끄럼 방지용 플라스틱 격자망을 깔고 샤워를 하는 데에 길들여졌 다. 그녀는 전혀 망설이지 않고 전화선도 설치하여 저녁나 절 툴에 사는 조카와 길게 통화하기도 했다. 셀프서비스 슈 퍼마켓에 드나들며 요란스러운 음악과 입구 위에 설치된 감 시카메라에도 익숙해졌다. 그랑드 거리의 빵 가게나 푸줏간 이 목재 진열장을 화려한 대리석과 유리로 바꾼 것도 그녀는 무척 좋아했다. 그녀는 과거에 대한 아쉬움 없이 이 새로운 세계를 받아들였다. 부모님의 원탁과 의자를 광택이 나는 작은 식당용 가구로 바꿨다. 그녀가 가구를 구입했던 창고형 가게는 도시 변두리에 있었고 인적이 끊어진 밤에도 냉장고, 소파, 침실용 가구 등을 나란히 전시한 진열장을 대낮처럼 밝혀 두었다. 시절에 맞춰 살아가야 하는 법이다. 창가에서 울리는 요란한 오토바이 소음을 제외한다면 그녀는 상상력 없는 인내 덕분에 만사에 너그러워졌다. 머리카락도 염색했다.

1970년 부활절에 그녀는 뷜록의 퇴직자 동호회 단체여행에 등록하여 카르나크로 여행을 갔다. 사월 어느 날 아침, 늦봄의 꽃봉오리가 채 열리지 않은 베랑제 화단의 나무 사이에서 관광버스가 잔잔한 엔진 소리를 내며 기다리고 있었다. 낭트에서 하루 잤는데 그녀는 변두리 호텔의 2인용 방을 다른 미망인과 함께 사용했다. 똑같이 생긴 두 침대 사이에는 이동식 협탁이 있었고 베이지색 양탄자는 커다란 밤색 무늬가 새겨져 있었으며 욕실에 화장실이 있었다. 창밖을 내다보려고 유리창에 이마를 대니 납작한 난방기의 열기가 올라왔고 양탄자와 똑같은 밤색의 동그란 무늬가 찍힌 짧은 커튼을 열어보았다. 그러나 바깥에는 고속도로 진입로를 따라 도시를 나란히 빠져나가는 자동차의 붉은 등만이 눈에 들어왔다. 그녀는 다른 사람들과 더불어 식당으로 내려갔다. 식사가 끝나자 그녀는 얼굴이 조금 불그레해지는 것이 느껴졌지만 갓 파마를 하고 여행을 나선 여자들도 마찬가지였다.

단체 여행객은 나란히 줄을 선 다음에야 버스에서 내렸다. 비는 오지 않았지만 하늘엔 거대한 바위처럼 커다란 회색 구름이 몰려다녔다. 그녀는 그들을 동반한 여자의 설명을 들었고 귀를 쫑긋 세워 정신을 집중했지만 도무지 흥미롭지 않았다. 모양이 제대로 잡히지 않는 까마득히 먼 과거에서 뚝 떼어낸 덩어리 속에는 그녀의 상상력을 넘어서서 그녀를 불편하게 만드는 뭔가 따분한 것이 있었다. 남자들은 벌써 버스에 타버렸다. 투명한 우비를 입은 여자들은 다닥다닥 붙어서 빗방울로 얼룩진 안경을 쓰고 온화한 얼굴로 무정형의 바윗덩어리를 토끼 눈을 뜨고 올려다보았다. 그들은 키브롱에서 식사하고 반에서 잤다. 일요일에 옆에 앉은 여자가 상냥하게 안부를 묻고는 대답이 짧았음에도 불구하고 그녀 말을 귓등으로 흘리고 지도를 보며 조는 모습을 보고도 기분이 상하지 않았다.

　　1978년 그녀가 죽었을 때 그녀의 유일한 질녀가 전화로 소식을 접하고 너무 늦지 않게 도착하였으나 그녀의 임종을 지킬 수 없었다. 한 달 전에 그녀를 방문했던 질녀는 그녀가 부쩍 허약해졌지만 명랑해 보여서 다섯 시 무렵에 방에서 나왔다. 그녀는 과도한 난방으로 후끈거리는 방에서 영국식 자수 구멍 사이로 끈이 달린 귀여운 핑크빛 셔츠 차림으로 침대에 앉아 있었는데 헤어스타일도 단정했다. 그녀는 매주 젊은 여자가 찾아와 머리 모양새를 만져주고 조금 정리도 해주기 때문에 그렇다고 했다. 그녀의 건강 상태는 악화되었고 무척 마르더니 한밤중에 일어난 마지막 심장마비가 그녀의 목숨을 앗아갔다. 간호사가 질녀를 깨끗한 복도를 지나 정원으로 통하는 유리문까지 안내했다. 복도에는 화려한 색깔의 잠옷을 입은 창백한 여자들이 지나다녔다. 정원 끝의 정방형 나무 울타리 사이에 영구차가 들어올 철책문이 있었고 오른쪽에 지난 세기에 세워진 단층 건물이 있었

다. 간호사가 문을 열어주고 질녀만 남겨두고 돌아갔다. 그
녀는 이곳에 올 적에 입었던 회색 컬러의 자수 드레스 차림
으로 시트 위에 누워 있었다. 아기 미라처럼 얼굴은 움푹 파
여 작아지고 안쪽으로 쪼그라들었고 머리카락은 더 이상 거
의 남아 있지 않았다. 일종의 헛간이나 창고 같은 어두운 방
에서 이렇게 줄어든 그녀 모습을 보니 그녀가 무척이나 작게
보였다. 관은 벌써 도착해서 삼각대 위에 설치되어 있었다.
그녀의 외투와 다른 소지품이 담긴 회색 봉투가 바닥에 있
었고 그 봉투 위에 까만 장식이 달린 초록색의 가짜 악어가
죽 핸드백이 얹혀 있었다. 오래 사용해서 실밥이 터진 데가
살짝 벌어져 있었다.

{ 추운 봄 }

삼월 말 어느 날 다섯 시 무렵, 고블랭 대로를 따라 집으로 돌아가던 토마는 돌연 더는 걸을 수 없다는 확신이 들었다. 주변을 둘러보다가 (하얀빛 속에서 눈을 찡그리며) 그는 거리 모퉁이에서 페인트가 갈라진 나무 벤치를 발견하고 가서 앉았다. 아픈 데도 없었고, 그렇다, 딱히 피곤하지도 않았다. 그저 더 이상 걸을 수가 없었다. 자리에 앉자 가벼운 현기증과 더불어 격렬하게 심장이 요동쳤지만 마치 불현듯 떠오른 실수의 기억이나 예기치 않은 만남이 그러하듯 이내 수그러들었다. 그는 원인 없는 감정에 빠져들어 머리가 텅 비고 힘이 빠지고 버려진 것 같았다. 딱딱한 등받이에 몸을 기대자 좁은 각목이 등을 파고들었고 고개를 하늘 쪽으로 치켜올렸다. 아주 높은 데에서 서쪽으로 멀어지는 비행기 한 대가 작은 송이들로 흩어지는 두 줄기 항적을 남기며 투명한 여러 겹의 하늘 깊숙이 파고들었다. 토마는 어렵사리 눈길을 인도 쪽으로, 다시 차도로 옮겼다. 대로에는 이탈리아

추운 봄

광장 방향으로 끊임없이 자동차의 행렬이 이어졌고 그 위로 차량 행렬 속도보다는 느리지만 매우 농축된 하얀 구름이 비물질적 형태로 부유하고 그보다 더 높은 구름은 바람에 휩쓸려가고 있었다. 다시 그의 눈은 아래로 떨어지고 시선은 그에게 현기증을 일으켜 깊이 없는 잿빛 하늘 속으로 흩어지는 것을 피하려고 애썼다. 그는 눈을 감았지만 마음속에서 똑같은 잿빛 들판이 펼쳐지자 겁이 나서 다시 눈을 떴다. 그리고 다리를 펴고 가죽에 가는 주름이 생기고 그 사이에 먼지가 낀 구두 안의 발을 반듯하게 하고 마치 몸통에서 떨어져 나간 듯 하얗고 물컹거리며 주름진 손을 허벅지 위에 올려놓았다. 손가락도 보일 듯 말 듯 조금 꼼지락거리다가 쭉 펴보았더니 손가락은 마치 그로부터 너무 먼 거리, 저항하고 적대적인 공간으로 분리된 것처럼 불편했지만 아직 그의 의지에 따라 움직이는 것 같았다. 마지막으로 손을 들어 눈 앞에 두고 천천히 맞잡아보려고 하다가 겨울 외투의 호주머니 속에 집어넣었다. 추위가 느껴졌지만 어떤 의미에서는 편안하기도 했다. 조금 기다리면 다시 일어나 걸을 수 있을 것이다. 갑자기 원인 없는 감정의 파도가 다시 그를 사로잡았

다. 어떤 불행에 대한 예감, 패배의 기억처럼 내용 없는 불안
감이었고 그것은 원래 도주 욕구를 자아내는 데에 한몫했
음에도 불구하고 그의 사지를 무겁게 짓눌러 몸을 움직이지
못하게 방해했다. 다시 그는 눈을 감아야만 했다. 이유와 원
인을 알 수 없이 그가 복종해야만 했던 어떤 명령이 마치 그
의 가슴팍을 짓누르는 손바닥처럼 그를 나무 벤치 등받이에
밀어붙였다. 그는 어린아이처럼 울고 싶어졌다. 자기가 어린
아이가 된 것처럼 느껴졌다. 그를 둘러싼 복잡한 소음이 무
용하게 뒤섞여 있었다. 먼지 속에서 탁한 클랙슨 소리와 더
불어 모든 소음이 오고, 가고, 악쓰고, 삐걱거리고, 마찰음을
내고, 그가 알지도 못하니 딱히 그의 갈 곳도 아닌, 그가 배
제된 어떤 목표를 향해 슬금슬금 기어가고 있었다. 그의 왼
쪽에 있으리라 어렴풋이 짐작되는 거대한 건물들도 목표 없
는 행동을 추구하는 움직이는 배경들인 양 천천히 표류하고
있었다. 똑같은 푸른색의 건물과 그 지붕, 자동차 배기가스,
저 멀리 안개에 이르기까지 그 어느 것도 자신의 부동성과
무용성에 빠진 그가 이 무참한 침잠에 떨어지는 것을 멈추게
하지 못했다. 광막한 공간, 낯선 도시들, 그가 결코 가보지

추운 봄

못할 숲을 환기시키려는 듯 신문 가판대의 철사에 묶인 광고지를 펄럭거리게 하는 바람의 소리도 그는 더 이상 듣지 않으려고 애썼다. 먼 데를 환기시키는 그 광고 하나하나가 그에게는 모욕, 그의 무기력을 비웃는 암시, 그가 더는 대처할 수 없는 고약한 명령이었다. 그는 눈을 질끈 감고 호주머니 속의 주먹을 움켜쥐었다. 사거리에 멈췄다가 고무 타는 냄새를 풍기고 으르렁거리며 떠나는 차들. 콘크리트 섞는 소리를 내는 레미콘 차, 사이렌을 울리는 응급차. 그는 다시 눈을 떴고 그 앞에 차가 천천히 지나가고 있었다. 차창 뒤로 고개가 젖혀지고, 눈동자가 뒤집히고 이가 다 빠진 얼굴이 보였다. 토마는 막연한 불안감과 동시에 그의 사지를 떨게 하는 질주의 욕구에 사로잡혀 몸을 떨며 흠칫 뒤로 물러났다. 그 곁의 벤치 위에는 비둘기 두 마리가 앉아 나지막하게 울고 있었다. 모든 것이 허물어지고 아무것도 제자리에 있지 않지만, 세상 소음의 거친 충격 너머, 그 소리들의 난폭한 경쟁 너머에서 어떤 질서, 어떤 규칙성을 감지하는 것이 가능할지도 모른다. 좀 더 관심을 기울이면 도시의 은근한 소음은 높낮이, 길이, 세기가 변화무쌍한 소음이 겹겹이 모여 이뤄지

고, 그것은 굳이 자신이 개입하지 않고서도 관심을 기울일
수 있는 어떤 행동이나 이동에 해당하는 소리이며, 그 모든
것이 결국 조화를 이루고 생각했던 것보다 덜 적대적인 하나
의 전체로 녹아들어간다는 것을 이해하고 그 방식을 관찰하
고 해석할 수도 있을 것이다. 그 소리 중에는 뭔가 푸근한 것
이 있어서 그 소리에 녹아드는 것이 즐겁고 조금만 기운을
차린다면 쉬운 일이기도 할 것이다.

　　그는 힘껏 최대한 길게 다리를 앞으로 내뻗었고 그것이
제한된 거리일지라도 이동속도가 마냥 길게만 느껴졌다. 그
순간, 거리의 소음이 너무 요란해서 그의 신발이 모래를 긁
으며 내는 소리가 들리지 않았다. 그것은 마치 존재의 마지
막 물질적 증거마저도 박탈되어 마침내 통과의례, 혹은 현
현의 열쇠를 찾은 것 같았다. 그는 돌연 짐을 덜고 용서를 받
고 보속을 받은 느낌이 들었다. 모든 것이 나아졌고 이제 그
저 동의하기만 하면 끝날 일이다. 이런 생각에 그는 흥분되
었다. 이런 생각만으로 쇠락하고 있는 그의 힘을 아직은 되
살릴 수 있을 것 같았다. 그는 다시 눈을 감았고 마치 게으
름을 피우며 열지 않은 덧창 사이로 들어온 여름날 아침 햇

살처럼 감미롭고 호의적인 빛이 느껴졌다. 도시 소음이 그의 몸을 여기저기 스쳐 지나갔지만 그는 굳이 그것을 가로막지 않았다. 생기가 도는 신선한 대기가 그의 이마와 뺨과 턱의 피부를 팽팽하게 긴장시켰다. 자신의 한 부분이 이 거대한 흐름, 그 표류, 그 흩어짐에 동참할 준비가 되어 있다고 생각했다. 심지어 그 흐름에 합류하려면 어느 쪽으로 가야 할지 그 방향을 찾았지만 결국 그러지 못하고 있다는 느낌마저 들었다. 생의 충동이 일어나자마자 힘없이 가라앉았다. 아니 그냥 미적지근한 입김처럼 그의 몸에 응결되었다. 그는 어렵사리 호주머니에서 손을 빼고 얼굴, 그 거칠고 차갑고 광대뼈 근처가 긴장되었지만 아래 뺨과 목덜미가 움푹 팬 그의 얼굴을 쓱, 문질렀다. 그의 몸이 불쾌하고 쓸모없고 이질적으로 느껴졌다. 그리고 그와 세계 사이에 이 거추장스러운 살덩어리가 끼어 있는 바람에 그 덩어리의 이상한 궤변과 변덕에 휘둘리는 한에는 그에게 구원이란 없을 것임을 깨달았다. 이 세계와 그 사이에 이 성가신 몸뚱어리가 버티고 있는 모양새가 마치 그를 덮고 있는 거대한 나무로 인해 쏟아지는 햇살로부터 분리되었다는 느낌이 들었다. 그러나 그의 마

음 한구석의 어떤 것이 출구를 찾아 헤쳐 나가려고 했다. 찬
란하고 비물질적이며 밝은 그 무엇, 맑은 하늘에 자신의 햇
살을 쏟아붓고 물과 구름을 움직이게 하는 그 무엇이었다.
그것을 만나려면 봄날의 맑은 빛을 마주하고도 권태로 인해
벤치에 죽치고 앉아 있는 이 부조화스러운 몸을 버려야만
했고 그런 후에야 높이높이 몸이 고양하고 그에게 오라고
손짓하는 저 가벼운 그 무엇을 되찾을 수 있을 것이다. 그러
나 그보다 먼저 이 모든 번잡스러운 것을 포기하고, 고분고
분하지 않고, 다루기 어렵고 고통스러운 이 육체로 다시 말
려들게 만드는 모든 행동을 피해야만 한다. 눈을 다시 감았
고 날카로운 바람결이 그를 감싸더니 얼굴을 무감각하게 만
들고 감미롭게 그를 안아주었다. 마음이 평온해지고 시간이
멈췄다. 그는 자신이 잠들고 있다는 것을 알아챘다. 지난 수
년간의 시간이 그를 조용히 둥글게 둘러쌌고 그는 한때 자
신의 얼굴이었던 수많은 얼굴 앞에서 눈을 감지 않았다. 왜
냐하면 그 얼굴이 아버지의 얼굴, 그리고 수많은 아들 중 하
나의 얼굴이었기 때문이었다. 이제 그의 몸이 깃털처럼 가벼
워졌다. 눈앞에서 그의 몸은 우아하게 수많은 분신으로 늘

어났다. 자기 손을 만질 수 있는 손들이 적당히 몸에서 떨어져 있었고 모든 것이 편안해져서 이제 다시 몸이 편안해졌다. 그는 마지못해 꿈에서 깨어났고 다시금 심장이 요동치고 심장 격통이 되살아나는 게 느껴져 자리에서 일어나 손으로 빈약한 허벅지와 허리와 가슴, 그리고 팔을 만져보았고 외투 자락을 끌어내려 얼어붙은 무릎을 덮었다. 다시 마음 한가운데에 커다란 빈구석이 생겼다. 눈앞에 있는 나무들은 막 겨울을 벗어나 까만 나뭇가지 끝에는 약간의 햇살만 받아도 꽃이 필 작은 봉오리가 맺혀 있었다. 그는 다시 위협과 불안과 거부감을 느꼈다. 이 세계와 그를 분리시키는 이 몸뚱어리에서 떠나야만 했다. 그는 침묵해야만 한다. 그래야 마음속의 작은 불꽃이 그 불씨의 어미 격인 커다란 화염으로 되돌아갈 수 있을 것이다. 그런데 속수무책이었다. 세계는 천천히 자기 색깔을 되찾고 있었다. 짧은 잠으로 기운을 되찾은 그의 힘도 되살아났고 그가 포기했던 비루한 생명이 다시 모양새를 잡아가는 게 느껴졌다. 온갖 것들이 자기 쪽으로 밀려들자 그는 마치 물이 턱밑까지 차오르는 것 같아서 다리를 올려 배를 감싸며 몸을 웅크리고 싶었지만 부끄러워서 차마 그러지 못했다. 그러나 한번 시작된 기세는 거기서 멈추지 않았다. 그의 몸은 다시 세계의 요란한 소음이 고통스러운 메아리로 울리는 괴롭고 부조화스러운 잡음으로 가득 채워졌다. 그와 세계의 은밀한 운동 사이에서 가능했던 조화의 부드러운 예지는 어디론가 사라졌다. 도대체 무슨 일이 벌어진 것일까? 그토록 가까이 다가왔던 행복이 미처 성취되기도 전에 무슨 이유로 도망친 것일까? 바로 얼마 전까지 돌이킬 수 없는 세계의 추락에 녹아드는 일이 그토록 단순해 보였는데? 무엇이 그것을 붙잡은 것일까? 그를 번다한 일상의 부조리에서 꺼내주고 그를 사로잡았던 자아의 망각을 잠결에서나마 되찾으려고 눈을 감았다. 그리고 그가 다시 잠들려고 하자 그의 주변 큰길가의 잡음이 희미해졌다. 그 순간, 그를 사로잡던 무감각을 각성시키는 어떤 예감이 머리를 스치고 지나갔다. 순수한 빛과 한 몸으로 융합하려는 그의 욕망, 행복에 대한 벼락같은 예감은 아마도 어떤 사기, 최악의 사기에 불과할지도 모른다는 생각이 들었다. 그의 육체가 겪는 패배의 증거, 소멸과 실종, 그리고 죽음을 희구하는 체념의 징후. 공포로 인해 가슴이 조여들었다. 그는

추운 봄

시선으로부터 자신을 보호하려는 듯 손을 들었다. 그리고 얼굴에 닿은 자신의 손가락이 느껴졌다. 엄지손가락 중앙의 섬세하고 팽팽한 살갗 속에서 푸른 정맥이 뛰고 있었다. 거기를 다른 손가락으로 꾹 눌렀다가 떼자 하얗던 엄지가 천천히 발그레하게 변하는 모습을 지켜보았다. 그는 어떤 확신과 더불어 거부감에 사로잡혔다. 세계의 거대한 조화에 합류한다는 미명하에 그가 억누르려고 애썼던 것, 그것은 더도 덜도 아닌 생명이었다. 그가 매료되었던 비물질적 이미지는 휴식을 갈망하는 지친 육체의 속임수에 불과했다. 그의 몸이 그를 배신하고 버렸다. 그리고 그는 쇠사슬에 묶여 노동하는 동료의 시체 곁에서 살아야만 하는 어떤 형벌을 받은 사람처럼 이제부터 그 타락한 몸에 들러붙어 살아야만 한다는 생각에 몸서리쳤다.

그는 창백한 손에 혈기가 되돌아오는 모습을 다시 들여다보았다. 그의 마음속에 저절로 풀어헤쳐진 그 무엇인가가 있다는 뜻일까? 그의 혈관을 부풀어 오르게 만드는 이 묵직하고 더운 액체가 실제로는 그의 몸에서 도망쳐서 기꺼이 폭우의 물방울이 되어 먼지로 스며들어 형언할 수 없는 행복을 느끼며 대지와 하나가 되려고 발버둥치는 것은 아닐까? 도시가 텅 비었다. 석양을 예고하는 구름 사이로 하늘이 쏟아져 내렸다. 모든 것이 종말을 향해 달려갔고 돌이킬 길이 없다. 따지고 보면 인간과 동물을 포함해서 죽은 나뭇가지, 녹슨 쇳덩이, 이 모든 것, 이 만물이 똑같은 거대한 흐름에 휩쓸려 서로 만날 것이다. 이것이 차갑게 식어가는 것은 그저 이 세계의 거대한 냉각화에 대한 예고에 불과하다.

한 줄기 거친 바람이 그를 감쌌다. 그는 기운이 돌아오는 느낌이 들어 자리에서 일어났다. 일어서서 사람들 속에 섞여 걸어가자 슬그머니 다른 느낌이 들었다. 자기만 빼고 모든 것이 자기 갈 길로 가고 있으며 자기만 홀로 죽을 것이란 느낌. 모든 것은 자기가 죽은 후에도 살아남을 것이다. 반짝거리는 강을 따라 물줄기는 더 멀리 흘러갈 것이다. 그만이 강둑에 남겨질 것이다. 이런 생각마저도 지워지자 그는 대로를 따라 몇 걸음 걸었고 비가 다시 쏟아져서 신문 가판대 지붕 아래로 몸을 피했다. 거기에서 그는 신문을 사서 집으로 돌아왔다. 인쇄잉크로 얼룩진 손가락을 생각에 잠겨 들여다보았다. 일단 지금은 그것만이 중요했다.

추운 봄

{ 이별 }

그들은 나란히 걷고 있었고, 마르탱은 작은 공원의 철책 너머로 좁은 화단에서 솟아난 아주 옅은 녹색의 풀을 바라보았다. 그들은 말이 없었다. 루이자의 왼팔이 마르탱의 오른팔에 거의 스치듯 닿았고 그들은 그것을 느꼈다. 남자는 서로가 접촉을 원하는 것도 아니지만 그렇다고 딱히 상대방이 회피한다고 상상하지 않을 만큼의 두 팔 사이 간격을 유지하려 애쓰고 있다고 생각했다. 그 순간 두 사람은 똑같은 생각에 빠진 나머지 시선이 마주치는 것도 피하려고 한곳에 고정시켰고 지나치게 딱딱한 미소를 띠는 것은 서로에게 어떤 오판도 불러일으키지 않으려는 계산에서 나온 행동이라고 마르탱은 생각했다. 그러나 두 사람 중 그 누구도 이 섬세한 힘의 균형, 수학적이며 억지스러운 균형을 깼다는 책임을 질 수 없었다. 마치 한쪽 팔을 베고 오랫동안 자고 일어난 사람처럼 마르탱은 서서히 왼쪽 팔이 몸에서 떨어져나가 감각이 무뎌지고 뻣뻣해지는 느낌이 들었다. 손목에 경련이 일어나 오른손으로 왼 손목을 잡아 주무르지 않을 수 없었다. 그런 다음 호주머니에 손을 찔러 넣었다. 그들 머리 위로 한차례 센 바람이 불어와 거리 방향으로 하늘을 둘로 갈라놓았다. 그리고 그들은 그 희끄무레한 틈새로 새어나온 햇살 아래 거리를 걸어갔다. 가장자리가 거친 검은 구름 덩어리들이 앞쪽 저 멀리에서 하나로 뭉쳐졌다. 아이 둘이 큰 소리로 외쳤다. 세 번째 아이가 달음박질로 그 뒤를 따라가자 두 사람은 문득 걸음을 멈추고 그들을 바라보았다. 그들은 여전히 아무 말 없었다. 참 키가 크구나, 어찌도 저렇게 꼿꼿하게 서 있을까! 마르탱은 루이자를 보며 생각했다.

**

그들은 전화로 '다섯 시'라고 말했다. "다섯 시, 그 작은 공원에서, 어디인지 잘 알 거야." 그리고 덧붙였다. "그 동네에 산다면 그게 편할 거야." 이 말을 뱉자마자 마르탱은 금세 후회했다. 그녀는 마치 그가 예전처럼 그녀에 대해 궁금해하고 있다고 생각할 터였다. 그런데 절대 아니었다. 그

녀는 간단하게 대답했다. "좋아. 다섯 시." 이제 모든 것이
명료해졌다. 더 이상 뒷조사를 하거나 의심할 여지도 없었
다. 마르탱은 씁쓸해졌다. "비가 오면 모퉁이 카페도 좋고."
그녀는 "좋아"라고 하더니 "하지만 비는 오지 않을 거야"
라고 했다. 그는 공중전화 부스의 더러운 유리창을 통해 거
리를 바라보았다. 유리창의 절반쯤은 너덜너덜해진 포스터
가 가리고 있었다. 황급히 붙인 일종의 광고 전단지인데 산
발 머리에 눈을 감고 목젖을 드러낸 채 몸을 뒤로 젖힌 여자
의 사진이었다. 그는 공중전화 부스에서 나왔다. 거리 건너
편에서 꽃 장수가 바람에 넘어진 꽃다발 양동이를 바로 세
우고 있었다. 그러네, 비는 오지 않을 거 같네. 그는 맑은 하
늘을 쳐다보다 중얼거렸다. 추위가 느껴졌다. 잠깐이나마
약속 장소를 정할 때는 처음 만났던 시절의 훈풍이 되돌아
온 것 같은 환상이 있었다. 그러나 그것 역시 그들 사이의 문
제가 종말에 이르렀다는 징조였다. 거리의 소음에 그는 얼이
빠졌다. 분주한 자동차의 행렬이 이탈리아 광장으로 이어졌
다. 오 년 전에는 광장의 명칭만으로도 그들은 여행을 꿈꾸
었지만 이제 함께 여행한다는 것은 영원히 언감생심이었다.

그는 인도 위로 몇 걸음 걸었다. 진열된 상품 사이로 지나가는 자신의 모습이 비치는 쇼윈도를 보는 듯 마는 듯 바라보았다. 지나가는 버스 때문에 흔들리는 차가운 쇼윈도에 잠깐 이마를 기대었다. 신문을 사고 언덕 쪽으로 올라가면서도 여전히 어떤 감각에 사로잡혀 있었다. 멍징하고 들뜬 탓에 세상과 분리되었고 동시에 세상에 대해 더욱 예민해지게 만드는 그 감각, 사거리에서 찬란한 빛, 자동차 차체의 반사광, 하늘의 반짝거리는 잿빛 위로 반사되는 빛을 떨리게 하고 그 윤곽을 일깨워주며 색감을 생생하게 되살려주는 그런 감각이었다. 더 이상 추위가 느껴지지 않았지만 긴 여행을 앞두고 덧문이 굳게 닫힌 아파트로 새벽에 들어서는 순간의 전율 같은 것이 느껴졌다. 여덟 시 무렵 그는 아버지에게 전화를 걸었다. "저는 부활절 직후라면 더 좋겠어요." 그의 아버지는 즉각 대답하지 않았다. "마음대로 해라. 어쨌거나 내 꽃을 가꾸는 일로도 나는 할 일이 많은 사람이다. 그러니 날짜가 정해지면 다시 전화해라." "그럴 필요 없을 거예요. 틀림없이 칠 일이나 팔 일이 확실해요." 다시 아버지는 말이 없었다. 거의 감지할 수 없지만 약간 더 낮은 목소리로 그는

"아빠가 불편해하신다는 것도 잘 알아요. 아빠도 아빠의 삶이 있는 거 잘 알아요. 그런데 사나흘 정도가 뭐 그리 대단해요? 아빠, 제 말도 들어보세요" 하고 말했다. 그러나 아버지는 그의 말을 듣지 않는 것 같았다. "물론 불편하실 거란 것도 잘 알아요. 하지만 영원히 거기에 살자는 건 아니잖아요. 이번에는 오랫동안 아빠를 불편하게 하지 않을게요." 마르탱은 방금 전의 고통, 고양되고 혼란스럽고 명징한 자각이 되돌아오는 느낌이 들었다. "아빠, 부탁할게요." 짧은 침묵후에 아버지는 달라진 목소리로 대답했다. "자, 방금 달력을 보고 왔다. 여전히 네 엄마가 맨날 걸어놓는 찬장 위에 걸려 있지. 어느 날이 편하다고 했더라? 팔 일 화요일로 하자. 네차로 올 거니?" "아마 그럴 거예요. 함께 가브리엘을 보러 갈 수도 있고요. 아빠가 운전하는 일도 피할 수 있고요. 그런데 걔는 요새 어떻게 지내나요?" "맨날 똑같지!" 아버지는 흥겨운 목소리로 말했다. "건전지를 갈아주었지." 그는 잠깐 머뭇거리더니 "그리고…… 루이자는?"이라고 말했다. "잘 지내요"라고 마르탱은 말하고 나서 그렇게 차갑게 말하지 말았어야 했다는 생각이 들었다. "그렇다면 다행이고." "아빠, 이제 전화 끊을게요. 벌써 여덟 시 반인데 저는 아직 아무것도 먹지 않았네요. 아빠는요?" "나 말이야? 벌써 후딱 끝냈다. 수프와 치즈만 조금 먹으면 끝이지. 이제 다시 책이나 읽어야겠다." "어떤 책을 읽어요?"라고 마르탱이 물었다.

전화를 끊고 나서 마르탱은 텔레비전을 켜고 부엌으로 가 포도주 한 잔을 따랐다. 그는 발로 의자를 끌어당겨 어둠 속에 앉았는데 배가 고프진 않았다. 귓속에서 여러 목소리가 뒤섞여 웅웅거렸고 꿈틀거리는 이미지의 그림자가 반짝거리는 넓은 마룻바닥을 물들였다. 내일 다섯 시.

※

그들은 다섯 시라고 말했고 전날 전화에서 서로에게 취했던 태도와 마찬가지로 정확히 약속 시각을 지켰다. 다섯 시였고 그들은 작은 공원 입구 앞에 마주 섰다. 그들은 웃으며 손을 내밀었고 위장된 솔직한 태도로 서로의 눈을 마주 보았다. 마르탱은 루이자를 쳐다보며 애써 기억을 더듬었지만 그녀가 눈앞에 있다는 사실 자체가 옛 기억을 흐릿하게 만들었다. 처음 만났을 때도 지금처럼 저렇게 꼿꼿했던 가, 아니면 조금 꾸부정했던가? 그때도 습관적으로 활달하게 손으로 머리카락을 뒤로 넘겼던가? 가슴이 먹먹해진 그는 생각해보았지만 이미 더 이상 기억나지 않았다. 오늘 마지막으로 그가 간직하게 될 그녀의 모습이 필연적으로 과거의 다른 추억을 대체하게 될지도 모른다. 혹은 그와 정반대로 자기만을 남모르게 사랑했던 과거의 그녀 모습은 하나도 남지 않은 현재의 모습을 잊어야만 할지도 모른다. 다른 사람들의 눈에 비쳤던 그녀의 모습을 발견한 오늘에서야 그는 자신이 어떤 환상 속에서 살았는지, 오늘 산산이 부서진 신기루 외에 자기만의 것이란 하나도 없었다는 사실을 깨달았다. 어쩌면 그녀도 지금 이 순간 구차한 그의 모습 너머로 그의 옛 모습을 찾아보려고 애쓰고 있을지도 모른다. 그럴 리 없었다. 평소와 다름없이 그녀는 이런 추측이나 가정의 틈을 그에게 조금도 내보이지 않았다. 그는 이별과 연관되어 영원히 남을 만한 것, 그래서 나중에 그들에게 향수를 불러 일으키고 심지어 사랑의 불길을 되살릴 법한 것을 찾으려고 하늘이나 담벼락, 작은 공원의 오솔길을 불안한 눈길로 힐

이별

끗거리고 둘러보면서 미련을 버리지 못했다. 까진 무릎을 문지르며 울고 있는 저 아이? 분수 한가운데 서 있는 석상 얼굴에 낀 이끼? 추위 속에서 뻣뻣한 가지를 뻗은 개나리의 강렬한 색깔? 아니다. 알 수 없는 노릇이었다. 그는 흐려진 눈빛으로 창백한 하늘을 올려다보았다.

벤치에 앉기에는 너무 쌀쌀했고 카페에 들어가기엔 덜 추웠다. 그들은 서로 마음이 통했는지 "조금 걸을까"라고 했다. 마르탱은 "나는 그게 좋은데"라고 했다. 마르탱은 루이자를 바라보았다. "좋아. 걷자"라고 루이자가 말했다. 그 순간 시간에 매듭이 생기면서 아무리 붙잡으려 해도 손가락 사이로 빠져나가는 수은 방울처럼 가볍게 떨리며 제멋대로 오고 가는 치밀하고 묵직한 작은 영역으로 농축되었다. 그들은 말없이 몇 걸음 걸었고 마르탱은 눈에 눈물이 고이는 것이 느껴졌다. 그는 루이자를 혼자 가도록 내버려두었다. 공원 모퉁이에 이르자 그녀도 걸음을 멈추었고 마르탱이 서점 진열장 앞에서 혹은 박물관에 전시된 그림 앞에서 머뭇거리며 시간을 끌 때마다 짜증난 기색은 추호도 드러내지 않고 항상 듬직하게 기다렸다. 눈빛은 차분하고 얼굴에는 표

정이 없었으며 웃음기도 없었다. 부츠를 신은 그녀의 발끝
이 정확하고 차분하게 방향을 돌렸다. 초록색 방수 코트의
커다란 호주머니 속에 손을 깊게 찔러넣은 모습이었다. 마
르탱은 천천히 몇 걸음을 걸어 두 사람 사이의 간격을 좁혔
다. "왜 그래?" 하고 그녀가 물었다. 마르탱은 "아무것도 아
니야"라며 코로 시큰둥하게 숨을 내쉬었다. "울었어?"라고
그녀가 물었는데, 이번에는 약간 짜증 난 말투였다. 마르탱
은 행복했다. 그녀는 여전히 자신을 변함없이 대하고 있는
것이다. 이제 그녀는 마르탱의 얼굴까지 오른손을 들어올렸
다. 아, 예전과 마찬가지로, 예전처럼, 손가락 하나를 능숙하
게 마르탱의 안경 뒤로 넣어 그의 눈꺼풀을 부드럽게, 부드
럽게, 평소처럼, 예전과 마찬가지로, 영원히 쓰다듬을 것인
가? 그녀의 손은 계속해서 그의 쪽으로 다가왔고 그는 그녀
의 차가운 손가락이 닿은 눈을 감았다. 그리고 안경을 벗고
희미한 미소를 짓고 다시 안경을 쓴 후 손으로 머리카락을
두세 번 뒤로 넘겼다. 그들은 다시 나란히 걸었고 그다음으
로 이어지는 행동은 없을 것이며 그녀는 그의 팔도 잡지 않
고 그도 마찬가지였으며 그들의 손은 각자의 호주머니 속으

이별

로 들어갔다. 그렇게 몇 발자국 더 걸었다. 마르탱은 정면을 바라보았다. 그들 빼고는 달라진 것은 아무것도 없었다. 모든 것이 예전 그대로였고 그들만이 더 이상 예전 같지 않았다. 그리고 이 세상의 부동성은 그들을 안심시킬 만한 그 무엇도 아니었다. 오히려 죽음을 앞둔 친구를 방문하러 병원에 가서 어슬렁거리는 발걸음으로 하교하는 어린 두 소녀, 그물 장바구니를 곁에 내려놓은 여인의 시큰둥한 몸짓 등 이런 세상만사 속에서도 그의 죽음은 확실하며, 죽음과 이별이 끊임없이 이어지는 삶의 흐름에 조그만 균열도 일으키지 않는다는 것을 친구에게 이야기하는 것이나 다름없었다. 오히려 그 단단한 삶의 일체성은 비가시적인 일련의 변화로 이뤄져 있었다. 얼핏 균일하게 보이는 일상적 삶이 실은 이별과 공허로 직조되었으며 그 공허는 금세 채워지고 그런 세상에서 그들 두 사람이 더 이상 만나지 않는다는 사실은 거의 중요하지 않았다. 그들이 이별이라 칭하는 것, 혹은 조만간 그들 삶의 이 순간을 떠올리며 표현하려고 찾아낸 적절한 용어(그런데 그녀가 다른 친구들, 혹은 다른 남자에게 어떤 표현을 썼을까? 우리 헤어졌어, 우리 깨졌어, 우리는 더 이상 함께 지내지 않아, 마르탱과 나는 이제 끝났어 등등 어떤 단어를 썼을까?), 그것은 따지고 보면 앞으로 동요치 않고 깨질 수 없는 새로운 관계 설정을 다짐하려는 하나의 방식에 불과한 것이다. 하루아침에 거리의 담장이 무너지고, 새 건물이 들어서고, 전면에 새 페인트가 칠해지거나 새 진열장이 들어서는 것과 같은 이런 변화와 마찬가지로 우리는 금세 표변하여 어제의 세계는 칠흑 같은 밤에 던져버리고, 새롭게 변화된 모습이 마치 영원할 것이라고 생각하는 방식을 취할 것이다. 마르탱은 세계는 바다처럼 잔잔하다고 생각했다. 단 조건이 있다. 높은 데에서 바다를 봐야 하고, 그래야 수면의 주름살이 지워지고, 고통의 기억이 사라진 빈자리에 행복한 회고가 들어가는 미래를 상상할 수 있다. 그런데 마르탱은 나는 그럴 수 없다, 그럴 수 없어, 하고 생각했다.

루이자에 대한 그의 사랑이 끝나는 것이 곧바로 얼마 후에 반드시 그녀에게 새로운 사랑이 시작되는 것을 의미한다고 생각하는 것이 아마도 최악의 상황일 것이다. 게다가 그런 순간이 그녀에게 이미 왔는지도 모른다. 그런 생각을 하며 마르탱은 질투심보다는 차라리 어떤 격렬한 양상의 동정심을 느꼈는데 그것은 자기보다 앞서 고통을 느꼈을 그녀에 대한 동정심이었다. 자기 쪽 경우를 생각하면 그럴 가능성은 거의 없어 보였고 거부감마저 치솟았고 그가 겪어야 할 상황이 눈앞에 전개되고 아직 시작조차 해보지 못한 것이 어떻게 끝날지 뻔히 예측되는 탓에 이미 지겨움이 앞섰다. 마지못해 그가 원치 않는 미래를 억지로 상상하니 아직 허구적 사랑의 단계, 그 뻔한 전개 과정이 눈에 선했다. 여자의 집 문 앞, 혹은 인도에 주차된 자동차 그늘에서 어떤 식의 첫 키스를 나눌 것인가. 늦은 밤 그녀 집에 어떻게 방문하고, 아기들과 부딪치지 않으려고 새벽녘에 빠져나왔던가. 비 오는 거리의 공중전화 부스 앞에서 동전이 없어서, 혹은 응답 신호가 들리지 않아 괴로워하는 모습. 점멸 스위치를 찾아 손가락으로 벽을 더듬거리며 복도에서 나눴던 작별 인사. 그리고 여행을 떠나는 날들. 고속도로 식당에서의 아침 식사, 너무 덥혀진 자동차 안에서의 말다툼, 이탈리아 어느 도시의 역사적 광장에서의 화해, 자개 빛 건물의 열기와 유리병에서 떨리던 백포도주. 그는 자신의 고통과 미처 알지도 못한 여인에게 그가 저지르는 고통, 그리고 미래의 이별 상황을 얼마나 증오했는지 모른다!

길모퉁이에 이르자 그들은 상대방에게 피곤이나 권태의 징조를 드러내지 않으려고 조심하면서도 걸음의 속도를 늦췄다. 그들은 카페에 들어가 빈 찻잔과 꺼진 담배꽁초를 가운데 두고 마주 앉아야만 하는 상황을 그 무엇보다도 꺼렸다. "조금 더 걸을까?"라고 한쪽에서 묻자 다른 쪽도 짐을 덜은 목소리로 "좋아, 너도?"라고 대답했다. 그들은 계속 걸어갔다. 세 마디의 말만 나누었지만 조금 더 이야기를 해야 하지 않을까, 예컨대 아기들의 안부 같은 것, 하고 마르탱은 생각했다. 그들은 이제 아마도 영원히 다시 만나지 않을 텐데 불필요한 애정의 감정을 나누는 것이 무슨 소용 있을까? 하늘 높은 데 구름 사이에서 비행기 한 대가 지나갔고 다시 구름 속으로 빨려 들어갔다. 적막한 거리를 은근하게 뒤흔드는 단조로운 비행기 소음에는 뭔가 친숙한 것이 있었다. 뭔가 엄숙하고, 장중하며, 거의 위협적이기까지 한 소리가 마르탱에게는 결국 피할 수 없는 진실을 일깨우는 것처럼 들렸다. 저 비행기처럼 모든 것이 맹목적 확신을 갖고 목표를 향해 가고 있다. 고통과 망설임에도 불구하고 그들도 마

이별

찬가지다. 이별의 결심이 이미 멀어졌고 낯설게 느껴지지만 (사실상 그들은 항상 그랬듯이 나란히 걷고 있지 않은가?) 혼자 중얼거리지 말고 서로 흉금을 털어놓아야만 한다. 그리고 마음 한구석에는 생각지도 못했던 이 필연적 사실에 굴복하며 짐을 덜어낸 느낌이었다. 왜냐하면 그들의 운명을 감당하고 두 사람의 행동에 뒤따르는 후회의 짐도 그녀의 몫이었다. 불현듯 그는 그녀와 함께 보았던 그림, 아니면 벽화일지도 모르지만, 불타는 도시를 배경으로 갑옷을 입은 젊은 전사와 그 곁에 근엄하고 무표정한 젊은 금발의 여인이 그려진 그림이었다. 고통에 잠긴 눈빛으로 남자는 안장의 앞 테에 손을 얹고 곧 떠나려는 모습이었다. 여자가 그를 밀쳐내는 것은 아니었지만 여자는 남자를 기억하지 못하는 모양이었고 남자는 떠나기 싫지만 군말 없이 그녀의 뜻에 복종하는 것이었다. 마르탱은 그림의 제목, 화가의 이름을 알고 싶었지만 기억이 뒤죽박죽이라 더 이상 생각하지 않았다.

바로 그 순간 그녀는 "정말 잠깐이라도 걷는 것을 멈추고 싶지 않니?"라고 물었다. "좋아, 나도 좋아." 그러나 가장 가까운 카페는 이미 닫혔고 조금 더 멀리 카페를 찾아 돌아다녀야 할 처지였다. 두 사람은 망설이다가 서로 의견을 나누지 않고 암묵적 합의로 그들이 헤어져야만 하는 지하철역으로 이어지는 길로 들어섰다. 오래전부터 시작된 이별의 과정이 이제 마무리될 참이었다. 이 통증 없는 해체에서 차가운 삶에 내던져져 죽음을 기다리는 두 육체가 새롭게 탄생할 것이다. 사거리 시계탑 아래에 늙은 여자가 형태가 제멋대로인 봉투들을 끌어안고 앉아 있었다. 노파는 두 사람을 향해 까만 광대뼈가 도드라진 얼굴을 돌리더니 이가 빠진 입을 벌리고 공범자의 미소를 지으며 "아, 연애하네, 연애해!"라고 말했다. 마르탱은 걸음을 멈췄다. 그들의 길은 저 복잡한 인도 위 지하철 입구에서 끊어진다. 그는 잠시 후면 거기로 내려갈 것이며 그녀는 아니야, 나는 걸어갈 거야, 하고 대답할 것을 알고 있었다. 그들 두 사람은 아무 말 없이 더러운 아스팔트 바닥을 내려다보았다. 아마 죽어가는 사람도 똑같이 이런 무심하고 단호한 표정으로 자기가 누워 있는 방을 바라볼 것이다. 다른 때와 마찬가지로, 그러나 이번에는 마지막으로 마르탱이 「르몽드」 신문 두 부를 사서 아직 비에

젖지 않은 아래 쪽 신문을 루이자에게 건네주었다. 이번에도 "아, 애인 사이?"라고 말했고 루이자는 생각에 잠겨 쳐다보았다. 마르탱은 "나는 지하철을 탈 거야"라고 했다. 그러자 루이자는 "나는 걸어가야겠어"라고 했다.

지하철에서 나온 마르탱은 하늘 쪽으로 고개를 들었고 동쪽으로 달음질치며 테두리가 울퉁불퉁한 똑같은 구름 떼를 보았다. 마치 아무 일도 없었다는 듯.

{ 학술 대회 }

C에서부터 도로와 주변 언덕과 밭에 눈이 있었다. 가늘고 얇은 눈이 내려 밭이 구별되지 않았지만 문과 길, 울타리는 보였으며 풍경은 수학적으로 정확한 사각형으로 구분되어 부유하고 인구도 풍부한 전원의 조직 원리의 심오한 의도가 드러났다. 불투명하고 낮은 하늘이 멀리까지 낮게 드리웠고 그 아래로 하얀 언덕에 부딪치는 희미한 햇살이 내리쬐었다. 조금 지나면 눈이 다시 내리기 시작할 것이다. 역을 지나면서 강한 바람결이 열차의 차체와 유리창을 떨리게 했다. M은 게으르게 눈을 떴다. 방금 어느 도시를 지나간 거지? 교회의 사각형 종탑, 창고, 하얀 눈 속에 파묻힌 채 버려진 녹슨 철로, 낡은 객차, 그리고 꼭대기에 방수막처럼 약간의 눈을 뒤집어쓴 피라미드 모양의 석탄 더미를 그는 얼핏 보았다. 열차는 다시 속도를 내기 시작했고, 높은 언덕 사이로 곧장 내달리다가 마치 철로 양쪽의 땅바닥이 여기저기에서 주저앉는 것처럼 개활지로 솟아올랐다. 다리를 묵직하고

나른하게 만드는 강력한 열차의 움직임에 몸을 내맡기고 눈을 반쯤 감은 M은 헐벗은 나무들, 눈을 뒤집어쓴 전나무 사이로 힘들이지 않고 미끄러져 간다는 느낌이 들었다. 열차가 갑자기 옆으로 돌면 마을들이 드러났고 묵직한 구름 떼가 열차와 같은 힘으로 세차게 밀려가는 느낌도 들었다. M은 차가운 차창에 손을 대고 여행 동반자들을 곁눈으로 힐끗 바라보았다. 그는 간이 식탁을 위로 올리고 서류 뭉치를 몸에 바짝 붙였다. 왼쪽에 있는 B는 눈을 크게 뜨고 안쪽으로 구부러지는 지평선의 움직임에 시선을 고정시킨 듯하다가 검은 물이 가득 차오른 운하 주변에 잘 가꿔진 포플러나무 사이로 눈길이 흩어졌다. M은 그의 쪽으로 몸을 돌려 「르몽드」를 내밀었으나 그는 신문을 밀쳤다. "자야 할 것 같네. 열차 안에서는 일을 할 수 없어서 풍경을 보고 있자니 졸음이 오네. 매번 그렇지." M은 다시 식탁을 내린 후 수첩을 훑어보았다. 그의 뒷줄에 앉은 사람들의 목소리가 들려왔다. "버스를 타면 열 시경에 도착할 테고 바로 수도원 방문, 그다음 날엔 수용소 방문, 아, 아주 인상적이지. 그리고 오후에 수로 구경을 하고." M도 눈을 감았다. 박물관을 관광하는 중에 산책을 하거나 리즈에게 편지를 쓸 만한 틈을 낼 수 있을까? 늦게 갈 수도 있고 아예 토요일 아침 일정에 결석할 수도 있겠는데, 그래도 눈치채지 못할 거야.

지붕이 높은 철제 돔으로 된 역에서 열차가 멈추자 그는 잠에서 깨어났다. 오래된 역은 여기저기 에스컬레이터 계단 입구로 구멍이 나 있었고 강렬한 색깔의 모자이크로 장식된 벽돌 신문 가판대는 납작한 쟁반에 올려놓은 삶은 달걀 모양의 커다란 타원형 유리 상자로 대체되어 있었다. 한 줄기 차가운 바람이 광장을 쓸고 지나갔다. M은 말했다. "그래, 기억나는 것 같네. 호텔은 여기서 멀지 않을 텐데." 걸어서 갈 정도의 거리였다. 그들은 줄지어 서 있는 노란 택시들로 좁아진 통로로 들어섰다. 밤새 눈이 많이 내렸을 것 같았다. 벌써 딱딱해진 더럽고 두꺼운 눈이 인도 주변을 감싸고 있었다.

아홉 시 반 열차로 도착한 사람들은 벌써 호텔 식당에 모여 있었다. 그들은 잎이 무성한 야자수 사이로 회교 사원이 보이는 그림이 그려진 벽지 아래에서 작은 식탁을 둘러싸고 옹기종기 둘러앉아 있었다. 다른 쪽에는 배배 꼬인 긴 리

본처럼 가느다란 연기를 내뿜는 베수비오 화산을 배경으로 나폴리 해안이 그려진 벽지가 붙어 있었다. M이 곧바로 방에 올라가고 싶지 않아 유리문 너머에 있는 동료에게 손짓하자 그는 빈 옆자리를 손가락질했다. 그는 푸아티에에서 직장 동료였다. 그의 테이블에는 여자 하나가 동석하고 있었다. 키가 훤칠한 머리카락을 뒤로 돌려 동여맨 그녀가 움직일 때마다 커다란 귀걸이가 흔들거렸다. 그녀가 누구인지 알 것 같았지만 그는 확신할 수 없었다. 다른 사람들도 방에서 내려와 열쇠를 제멋대로 열쇠 보관함에 걸어두었다. 서로 통성명을 마쳤다. 지루해하던 M은 아직 젊고 가느다랗고 차가운 얼굴에 검은 머리의 L이 있는 것을 보았다. 그런데 그가 먼저 미소를 짓더니 손을 내밀었다. "방은 보고 오신 겁니까?"라고 그가 말했다. M은 아니라는 시늉을 하고 "수도승의 방이죠"라고 L이 말을 이어갔다. "침대 하나에다가 샤워실은 각 층에 하나뿐이죠." M은 어깨를 으쓱하고 "내게는 그걸로 충분합니다"라고 했다. "나도 그래요, 하지만 참 구두쇠들이네요, 이 호텔은 지난 이십오 년간 한 번도 수리한 적 없답니다"라고 L이 말했다. 첫 번째 회의가 오후 두 시

반에 시작하니 끼니를 때울 시간이 있었다. "왜 오후에 시작할까요? 이상한 노릇입니다. 그렇지요?"라고 누군가 말했다. L이 미소를 지었다. 그것은 학술 대회를 개막하는 학장 G. F 때문이었다. "아침에는…… 그러니까, 맙소사…… 그런 말들을 수군거리고…… 학장이 아직 아주 멀쩡하고, 건강하다면…… 그러니까 건강이 좋다면, 그래도 오후에 개막하는 건……." "올해 은퇴해야 하는 거 아닌가?" "아, 아주 오래전에 은퇴했지, 적어도 십 년 전에. 그런데 훌륭한 학자였어. 학위논문이 발표된 게 1930년인가 1932년인데, 당시에 소문이 자자했었지." "주제가 뭔데?" "라틴 시인들에 관한 건데, 매우 독창적 관점에서 바라본 거였지. 아무튼 그랬었지." L은 잠시 말을 멈췄다. "이건 무슨 요리지?" "식초 소스에 버무린 대파." "아! 나는 싫은데." "포도주를 더 시킬까?" 주문을 하자 여종업원이 술병을 들고 왔다. 그녀 팔의 맨살이 M의 귀를 스치자 M은 그를 쳐다보며 슬쩍 웃는 L의 시선과 마주쳤다. 그는 배가 고프지 않아 잔을 들고 노란 거품을 통해 격자 유리창을 바라보았다. 누군가 "가야 하네. 그 전에 커피 한잔 마셔야겠어"라고 말했다.

호텔의 로비에 새로 도착한 두 사람이 그들을 기다리고 있었다. 아니, 우리는 열차에서 식사했어, 그리고 내일 도착할 X에 대해 이야기했지. ("X라고?" "그래, 작가지.") 그리고 그중 하나가 (M은 그가 자기 학과에 새로 부임한 조교수임을 알아보았지만 두 번밖에 본 적이 없었다) "고백하자면, 나는 그 사람 책을 이전에 하나도 읽지 않았어. 열차에서 두 작품을 후딱 읽었지. 그런데 그다지 설득력이 없더군." 그때 마른 얼굴에 작은 남자가 끼어들어 "무슨 이야기를 하고 있는 거지?"라고 물었다. "X라고? 나는 그다지 열정적인 팬은 아니지. 그러나 이 황량한 사막에서 의심할 나위 없이 중요한 사람이지. 나는 실제로 그렇게 말했고 글로 쓸 기회가 있어서 그런 글도 썼지." M이 L에게 낮은 소리로 물었다. "저건 누구야?" "『책들의 단어』를 쓴 A. P야. 꽤나 불쾌한 작자야." A. P는 말을 이어갔다. "아마도 예외적 상황도 있을 테지만, 아무튼 오늘 무질이나, 토마스 만, 아니면 지드라도 발표해주면 좋겠네." 사람들은 그의 말에 동의했다. M은 두통이 오는지 손을 이마로 가져갔다. 왜 백포도주를 마셨을까, 말도 안 돼. 호텔 안내원이 사람들에게 잘 보이게 하려고 시

내 지도를 뒤집어 들고 빨강색 연필로 대학까지 가는 길을 보여주었다. (안경점, 자동차 수리점, 온갖 난방 설비점 등 네모난 광고가 테두리에 그려진 직사각형 지도였다.) M은 그랑제콜 준비반 시절 그의 교수였던 O에게 다가갔다. O는 "잠이 오네. 내가 가장 무서워하는 게 오후 학회지. 아마 나이 탓이겠지"라고 했다. 젊은 여자가 "나가서 왼쪽 모퉁이에 택시 정류장이 있습니다"라고 안내했다. 그들은 조금 좁게 타면 택시 두 대로 충분할 것이라고 계산했고 구두쇠라고 소문난 A는 자기는 걸어야 할 필요가 있다며 먼저 출발했다. M은 O를 따라 두 번째 택시에 올라타 틈틈이 그의 피곤한 표정을 곁눈질했다. 그런데 첫 번째 발표의 주제가 무엇이었더라? 그는 너무 끼어 앉은 탓에 호주머니에서 종이를 꺼낼 수 없었다. L이 앞질러 이야기했다. "시작부터 대담하게 나가는데. G. F의 제자가 발표하는데 스승과 더 이상 뜻이 같지 않으니 자칫 토론이 뜨거워질 거야." 그는 말을 멈추더니 "내가 착각하지 않았다면 첫 발표는 아마 어휘론을 주제로 호주에서 온 교수가 발표할 거네. 아이고, 아이고!" 그는 손등으로 뺨을 문지르며 우스꽝스러운 몸짓으로 결론을 내렸다.

학회는 지금은 문학부에서만 사용하는 옛 대학 건물에서 열렸다. 폐쇄 수도원이었고 연이어 수녀원, 신학교로 쓰였다가 한때는 여자고등학교였던 아름다운 18세기식 건물이다. 잘 다듬어진 검은색 주목이 엄숙한 회랑을 따라 나란히 심겨 있었다. 회의실 문은 아직 닫혀 있었고 몇몇 학생들이 한구석에 떨어져 한담을 나누고 있었다. 검은색 목재로 지어진 높다란 돔형 회의실로 모이자 모든 사람이 들어갈 자리가 없다는 게 명백했다. M은 고등학교 시절의 학부모 면회실이 떠올랐다. 의자 위에 던져진 외투들, 땀 냄새, 작은 키의 어머니에게 달려가 안기던 자기 모습, 한 달에 두 번 토요일마다 아버지의 작은 4마력 자동차를 타고 집으로 가던 것. 가느다란 가로수 사이의 좁은 길. G. F가 작은 옆문으로 들어왔고 몇몇 학생들이 박수를 쳤다. 그는 청중을 향해 잔주름 지고 창백한 얼굴을 돌렸다. "짧게 말하겠습니다. 여러분의 중요한 토론을 지체시킬 수 없죠. 자신이 오랫동안 주재했던 대학의 운명을 바라보는 이 늙은이는……" M은 주위를 둘러보았다. G. F는 말을 이어갔다. "젊은 학자, 뛰어난 교수, 그리고 굳이 소개하지 않겠지만 내일 참석하여 이 자리를 빛내줄 X 선생……" 조교가 그에게 다가와 귓속말을 했다. M은 O가 수첩에서 종이를 찢어 뭔가 끄적거린 후 학생으로 보이는 옆 좌석 여자에게 건네주는 것을 보았다. 여자가 웃기 시작했다. G. F는 어조를 바꿔 "옛 학교 식당에 모든 준비가 끝났다고 하는군요. 이제 갈 수 있습니다"라고 했다. 우연의 일치가 좌중의 웃음을 자아냈다. G. F는 약간 의례적인 말투로 "음식을 다루기에 이보다 좋은 곳이 없지요. 마침 그것이 우리 토론의 주제이지요." 환히 밝혀진 넓은 방에 들어서면서 M은 시골 교회의 소박한 영구대처럼 짙은 색 식탁보가 깔린 테이블을 보았다. 거기에 마이크가 설치되었다. O가 그의 바로 옆에 앉으러 왔다. "나중에 봅시다. 잠깐 자야겠네." 면회실과 학교 식당에 있다보니 M은 누구의 말인지 모르지만 한 문장이 떠올랐다. "그리고 오렌지 껍질과 양배추의 집요한 냄새." 두꺼운 벽에 나란히 뚫린 깊은 창문을 통해 구름이 지나가는 현대식 건물, 유리 벽으로 된 사각형 타워가 보였다. 첫 번째 발표자는 청중을 기다리게 했다. 그는 학생 식당에 서류철을 두고 왔던 것이다. "학생 식당, 서류철, 여전히 학생 시절에서 벗어나지 못하네.

그래서 무엇에 대해 이야기한다고 하나?" "중세 라틴어 음식 관련 어휘의 어원학적 구조에 대해." G. F는 예기치 못한 지체에 청중들에게 인내심을 갖고 기다려달라고 부탁했다. 가늘지만 또박또박 말하는 그의 목소리는 아마도 여러 사람에게 잠결에 들었던 강의, 대형 강의실의 여닫이문, 목덜미까지 머리를 바짝 깎은 남학생들, 줄을 서 있으면서 그들에게 결코 자리를 비켜주지 않았던 여학생들, 뤽상부르 근처의 38번 정류장 등, 그들의 혼란스러웠던 청소년 시절을 떠올리게 했다. 딱딱한 주제를 설명하는 이처럼 단조로운 음성에는 불확실하고 혼란스러운 어떤 것이 영원히 뒤섞여 있었고 다시 그런 음성을 들으니 어떤 노스탤지어, 막연한 고통이 그들 마음속에서 되살아났으며, 그것은 결코 이뤄지지 않은 어떤 기다림, 희망에 대한 기억이며 모두 나름의 방식대로 잊으려고 무진 애썼던 기억이었다. 그들은 지금 어떻게 되었을까? 당시엔 자신들도 몰랐겠지만 그들에게 부과된 것을 갖고 무엇을 했던가? 그들이 저기에 있다. 서로 눈으로 다른 사람을 살펴보면서 제각기 다른 사람의 얼굴에서 피곤과 방기와 포기의 징후를 찾으려고 한다. 이런 재회는 무자비했다. 그 순간 G. F의 목소리가 스피커의 날카로운 소리로 덮여버렸다. 누군가 "라르센 효과로군"이라고 했다. "저게 뭐라고?" 푸른 작업복 차림의 금발 청년이 연단 위로 뛰어올라 마이크 중 하나를 멀리 떼어놓았다. G. F는 첫 번째 발표자 N에게 손짓으로 연단의 책상 앞에 앉으라고 권했다. 여전히 두통을 떨쳐내지 못한 M은 고통스러운 눈꺼풀을 들어올려 천천히 N을 향해 눈길을 돌렸다. N은 앞섶을 풀어 헤치고 밝은색 머리카락과 수줍지만 쾌활한 표정을 짓고 있었다. 그의 목소리는 잠겨 있었다. 누군가 "단추를 풀어 내리지"라고 말했다. 웅성거리는 소리가 그 말에 호응했고 N은 사죄의 미소를 지으며 말했다. "나는 여기 계신 참가자의 뜻을 전하는 입장이 되었어요. 그러나 부디 담배를 삼가길 부탁드리고……." 짙은 구름 떼가 다시 하늘을 점령했고 홀 안에 어둠이 깔렸다. N은 이야기를 시작했고 활달한 그의 음성이 그 논문의 섬세한 단조로움과 묘하게 대비되었다. 그는 자리에서 일어나 도판 지지대 위에 세워진 커다란 종이에 파생 언어의 계보를 그림으로 그렸다. 누군가 크게 한숨을 내쉬었다. "푸르른 나무 한 그루 같네"라고 하자 다른 사람이 조금 더 큰 목소리지만 느릿느릿하게 말했다. "잘 안 보여요!" N은 그의 발밑에 긴 외투 자락처럼 둘둘 말려 있던 종이를 뜯어서 다시 차분하게 도표를 그렸다. "감사합니다." 건방진 음성이 크게 울려 퍼졌다. 그가 그린 도표는 기원을 둘러싼 토론을 뒤덮으며 사흘간 걸려 있었다. 끝날 무렵 어느 날 아침 알 수 없는 누군가 빨간 사인펜으로 계보도 나뭇가지 끝에 작은 원숭이 한 마리를 그려 넣었다. 그런데 그 주제는 이미 토론된 바 있어서 N은 화가 나서 얼굴을 붉히며 발표 원고를 정리했다. 그때는 이미 네 시 무렵이었다. "맞아요, 나는 문학 전공자가 아니죠, 나는 과학자, 혹은 적어도 과학자가 되려고 노력하는 축에 속해요." 그리고 다시 M은 더 이상 그의 말을 듣지 않았다. 빈 의자 몇 개 너머로 그다지 멀지 않은 왼쪽에서 젊은 여자(여학생)가 수첩에 뭔가 끄적거렸고 M이 미소를 지었더니 그녀는 그에게 쪽지를 건넸다. 일종의 괴물상, 서툴게 그린 괴물상이라 M은 선을 조금 고쳐 G. F의 모습과 닮도록 고쳤다. 그녀는 쪽지를 구겨버렸다. 누군가 고집스럽게 한 손을 들어올려 결국 눈에 띄었다. "혼자, 컴퓨터 없이." 졸라의 작품을 분석하는 작업을 시도한 A의 손이었다. 누군가 "저 부엌은 어디에 쓰려나?"라고 말했다. G. F가 소리쳤다. "여러분, 부탁합니다! 시간이 없어요." 그리고 A를 향해 조급한 어투로 말했다. "네, 발언하세요. 짧게 하시기 바랍니다." A는 이미 청중석을 향해 돌아서서 자신이 발명한 구멍 난 카드를 보여주었다. "아주 단순한 바늘, 여러분의 부인이 뜨개질에 사용하는 바늘이죠……." M의 옆에 있던 여자는 한쪽 어깨를 으쓱거렸다. 카드 뭉치는 후드득 떨어졌고 그중 두 장만 쇠 바늘 머리에 걸려 흔들거리며 남아 있었다. G. F는 "좋아요, 감사합니다!"라고 했다. L은 "저게 뭔지 이해하지 못하겠네"라고 말했다. 곁에 있던 남자가 그에게 몸을 기울이며 "아주 간단한 거네"라고 말했다. 그는 수첩에서 종이 두 장을 찢더니 볼펜으로 그것을 꿰뚫었다. G. F는 발언을 이어갔다. "감사합니다. 이제 P대학의 D에게 발언권을 넘기겠습니다. 그는 우리에게 아주 소중한 주제와 관련된 이야기를 할 것이며 우리 시절에는……." D는 앞서 발표한 사람에게 내려가는 길을 내주기 위해 뒤로 물러섰다. 우리 시절이라. M은 생각에 잠겼다. 그러면 우리는, 우리에게 주어졌던 그 시간을 갖고 무엇

학술 대회

을 했던가? 그를 포함해서 모든 이에게 지나간 세월, 놓쳐버린 기회에 대해 느끼는 후회, 젊은 시절 다짐했던 대로 살아야 했는데 그렇게 하지 못한 채 삶을 흘려버린 느낌, 영원히 돌이킬 수 없는 기회를 상실한 고통, 이런 감정이 타당한 것일까? 어떤 의미에선 그렇다. 흔히 이야기하듯, 원숙한 나이에 이르면 젊은 시절에 다짐했던 맹세에 대한 부채 의식에서 결코 벗어나지 못한다는 말에 수긍한다면 그렇다고 M은 생각했다. 그러나 공평한 관찰자라면 (자신을 냉정하게 분석할 수 있다면 누구나 그럴 수 있겠지만) 이것이 안이한 환상임을 금세 파악할 수 있을 테고, 아무리 고통스러워도 우리의 후회는 그런 환상으로 유지된다. 과연 그들의 삶이 성취되지 못한 야망, 실천하지 못한 다짐, 혹은 거대한 희망의 실패, 이런 것들의 연속으로 요약될 수 있을까? 솔직히 말하자면 실상은 전혀 다른 것이었다. 그들은 아무것도 다짐하지 않았다. 그들에게 부여된 다짐도 없었다. M이 생각하기론 자기도 마찬가지지만 그들의 젊음이란, 몇몇 충동, 금세 식어버린 몇몇 반항이 끼어 있지만 오로지 기나긴 복종의 시간에 불과했다. 그들은 경건하고 또한 거짓된 기억을 간직한 신앙심 깊은 한 젊은이의 모습을 그 속에서 찾기 어려웠을 것이다. 겉으로는 (이런 가정은 나중에 포기할 수 있기 때문에 그들에게 너무 안이한 방식이다) 그들은 기회가 없고 의지가 박약해서 '전향하거나' 포기하고 젊은 시절에, 머릿속으로 꿈꾸던 것보다 덜 넓은 길, 덜 화려한 길을 수긍하는 것처럼 보인다. 그러나 그들의 삶(M은 자기의 삶도 완전히 비슷하다고 생각한다)은 그들이 믿는 척하는 것처럼 너무 큰 이상과 일상적 삶에 필요한 소소한 것 사이에서 택한 비겁한 타협의 결과가 아니다. 그러한 환상은 끈질기게 지속된다. 그들 제각기 삶을 사는 것이 아니라 존재하려고 버틴다고 믿는다. 마치 일요일 오후 나이 든 친척 어른 집에 가서 자기만이 그게 재미있는 척하는 유일한 사람이란 은근한 느낌으로 그들과 카드놀이를 한다. 무심하고, 비겁하고, 평범하며 산만하고 혹은 겁쟁이라는 자신들의 진정한 본성에 따라 살았다는 냉정하고 절망적 생각은 피하고 차라리 실수를 해서 원래 품었던 야망을 성취하지 못했다는 후회를 하는 쪽이 그들에게는 무난하기 때문에 누구나 그런 이미지를 품고 살거나, 아니면 그런 이미지를 가지려고 무진 애를 쓴다. M

은 주의 깊게 연단을 바라보는 주변 사람들을 보았다. M과 같은 세대 사람들 하나하나의 삶은 두 가지 방식으로 기록될 수 있었다. 내적으로 보면 불의의 역사, 복종의 역사, 비싼 대가를 치르고 옛 꿈을 포기하는 역사가 그 하나다. 외적으로 보면 그것은 가혹한 논리의 실현, 완전히 예측 가능한 운명, 한 치의 오차도 없이 계산된 직선이다. 그것을 잘 알기 때문에 그들의 눈에 고통과 피곤이 깃드는 것이다. D의 발표가 마침내 멈췄고 그 침묵이 M이 빠져들었던 몽상의 흐름을 끊었다. D는 눈을 들어 커다란 벽시계를 우스꽝스러운 표정을 지으며 쳐다보았다. "짧게 설명해보죠. 조금 요약해야만 할 것 같네요." 권투 선수처럼 이마 위로 바짝 자른 머리 모양새로 고개를 숙이고 이를 악물고 책상 위로 두 팔을 넓게 벌려 짚은 그는 발표문의 마지막 단락으로 넘어갔다. 노란 벨벳 상의가 그의 근육질 어깨 위로 기어올라갔다.

오후도 끝나갔다. 건물들 너머로 도시의 소음이 부풀어 올라왔다. 클랙슨, 인근 사거리의 붉은 신호등으로 끊겼다가 이어지는 자동차 행렬의 규칙적 소리, 오토바이의 날카로운 굉음. 누군가 "다섯 시네"라더니 "벌써 어두워졌네"라고 했다. 그 순간, 삼각 홍예의 천사 석고상 사이의 모든 기둥의 꼭대기에 붙은 막대형 네온에 불이 들어오기 시작했다. 희미한 불빛이 퍼져나갔고 정원 쪽은 어두워 보였으며 정방형 건물에도 불이 줄지어 나란히 들어왔다. M은 체육관의 늦은 오후, 도기 바닥에 반사된 쓸쓸한 하얀빛, 분젠등의 떨리는 불빛을 떠올렸다. 가차 없이 퍼지는 불빛 아래에서 제각기 옆에 앉은 사람이 지친 모습이라고 생각했다. G. F는 투명한 얼굴을 D 쪽으로 돌리며 미소를 지었다. L은 의자를 돌리며 M을 바라보았다. "내가 어제부터 말한 게 바로 이런 거였지. 시치미 떼고 있지만 자고 있었잖아." D는 목청을 가다듬었다. "인내를 갖고 제 발표를 들어주셔서 감사합니다. 노력은 했지만 제 발표가 너무 길지 않았는지 걱정됩니다." 박수가 터져 나왔고 곧바로 여러 목소리가 들렸다. "이런 가정을 해보면 어떨까요?" "D 선생은 이런 의견에 동의하시는지요?" 잠에서 깬 G. F가 미소를 지었다. "신사 숙녀 여러분, 질서를 지키세요! 저기 구석에 질문하려는 학생이 있군요." 잠시 후 G. F는 다시 말을 이어갔다. "선생의 방대한 발표를 훼손하지 않으면서 이렇게 결론 낼 수 있을지 모르겠네요. 제가 잘 이해했다면 이해란 바로 동화 행위란 것이지요?" D가 미소를 지었다. "어떤 의미에서는 그렇죠." G. F는 화색을 띠며 물었다. "은유적으로 그렇단 말이죠?" D는 다시 미소를 지었다. "아니요. 문자 그대로의 뜻에서요." G. F는 눈살을 찌푸렸다. 그는 꿈에 잠긴 듯 "우리는 말한다기보다 말해지지요. 그렇게 생각해요"라고 했다. 그리고 강의실 천장을 향해 팔을 들어올렸다. "그러나 우리 마음속에서 말하는 것, 그것은 또한 매일 우리 육체의 생존을 보장해야 하는 소박한 필요성이기도 합니다. 따라서 정신의 양식 다음으로 여러분을 지상의 양식으로 초대합니다." 옛 학생 식당 끝은 조그만 방으로 이어졌다. 거기에는 백포도주와 다리 없는 물잔, 피라미드 모양으로 쌓아놓은 마른 프티 푸르, 그리고 설탕 가루가 뿌려진 커다란 브리오슈 몇 개가 식탁 하나에 차려져 있었다. G. F가 다시 마이크를 잡았다. "잠깐 내일 일정에 대해⋯⋯." 그러나 아무도 더 이상 그의 말에 귀 기울이지 않았다. B가 다시 M 쪽으로 다가와 어깨를 툭 쳤다. "두통은 여전한가? 나는 출출한데. 그래서 이 지상의 양식, 이걸 기다렸지." M은 그에게 미소를 지었다. 그리고 그는 "한 잔 따라주게"라고 말했다. B는 브리오슈를 한 조각 베어 물고 설탕 가루를 내뿜으며 말했다. "어떻게 생각하나? 지겨웠어." M은 잠깐 침묵을 지켰다. 그리고 "그러면 오지 말았어야지"라고 말했다. "너는 지루하지 않았단 말이야?" "나도 그랬지. 그러니 오지 말았어야 한다고 했지." B는 "매번 그렇지"라고 했다. "매번. 자, 그래도 한잔할까." G. F가 M에게 다가왔다. "나를 소개할 틈이 없었군요." M은 "제가 먼저 인사를 했어야 했는데. 저는 A대학의 M입니다." "최근에 선생의 짧은 글을 읽은 적 있는 거 같은데." G. F는 눈을 옆으로 돌리면서 고개를 살짝 위로 들고 생각에 잠긴 표정을 짓더니 대답을 기다리지 않고 이미 다른 사람 쪽으로 손을 내밀었다. "누구에게나 똑같은 말을 하지. 실수할 위험이 없는 말이지"라고 L이 말했다. "몇 년간 아무것도 쓰지 않은 사람이라면 달콤한 칭찬이겠고……." G. F는 당황한 표정으로 고개를 숙이는 검은 머리의 젊은 여교수에게도 "잘 쓴 짧은 글…… 그렇죠?"라고 했다. 젊은 남자가 그에게 다가와 "아! 학장님, 부탁드릴 게 있습니다"라고 했다. G. F는 가늘고 하얀 두 손을 치켜들고 그의 눈앞에서 흔들며 "그렇게 부르지 마세요. 나는 늙은 퇴직자예요. 이탈리아에서는 연금 생활인이라고 하죠." 젊은 남자는 상냥한 말투로 "뭔가 마시겠습니까?"라고 물었다. "제가 대화하고 싶은 주제는……." 그들은 식탁 쪽으로 걸어갔고 젊은 남자는 G. F의 등 뒤로 사라져 학장의 어깨를 건드릴 엄두는 내지 못하지만 한쪽 팔로 그를 부축하는 시늉을 했다. "고대 시어에 그런 흔적은 없어요. 내 논문을 드릴게요"라는 소리가 들렸다. O는 외국인 여학생에게 다가가 과자 접시를 내밀었다. 조금 건장해 보이는 금발 머리 여학생은 상냥한 미소를 지었다.

여덟 시 무렵 그들은 소개 인사를 끝내고 모든 참가자와 서로 통성명을 나눈 후 마치 선상 여행이나 단체 여행을 시작하면서 느끼는 약간의 권태와 실망감을 느끼며 저녁 식사를 하러 밖으로 나왔다. "아쉽지만 오늘 저녁은 곤란하고, 내일 기꺼이 함께하고…… 그리고 선생 서류함에 별쇄본을 넣어두겠어요. 아니요, 틀림없이 드릴게요." 누군가 "영화관에 가면 어떨까. 역 근처 영화관에서 〈돈 조반니〉를 볼 수 있어"라고 했다. "논 시 파스체 디 치보 모르탈레"라고 누군가 흥얼거렸고 그의 정확하고 낮고 따스하고 깊은 목소리가 복도에 울려 퍼졌다. 다른 이들은 아름다운 궁륭 현관에서 헤어졌다.

M은 B와 함께 택시를 타고 호텔로 돌아왔다. 그 시간대의 도시는 이미 인적이 드물었고 번들거리는 인도에서 눈이 녹고 있었으며 환한 쇼윈도의 불빛이 허망하고 조용한 축제의 분위기를 자아냈다. 그들은 비유 테아트르 광장에서 내려 보행자 구역의 좁은 길로 들어갔다.

**

다음 날 아침, 다시 눈이 내렸다. M은 창문으로 눈이 쌓여 두드러져 보이는 가파른 지붕과 성당의 사각 탑, 그리고 집들 속에 깊게 파묻힌 길을 보며 이 도시가 동판화 속의 독일 도시 같은 분위기라고 생각했다. 그의 창문에서는 유리로 된 고층 건물과 강을 가로지르는 콘크리트 다리가 보이지 않았다. 검은 새 떼가 가벼운 하늘을 가로질러 날아갔고 모터와 자동 톱의 소리와 같은 신축 공사장의 소음이 그 학술 발표장까지 들렸다. 그는 물을 품은 염전처럼 차가운 공기를 들이마시자 가슴속에 가득 차오르는 생생한 환희를 느꼈다. 그는 창문을 닫고 책상으로 가서 재빨리 서류를 챙겼다. B가 층계참에 서 있어서 함께 내려왔다. B와 O는 아침 식사를 마치고 지역 조간신문에 대문짝만 한 사진과 함께 실린 G. F의 연설 기사를 손가락으로 짚으며 그들에게 보여주었다. L은 눈을 질끈 감고 브리오슈의 큰 조각을 입으로 가져갔다. 엄지를 밖으로 내고 한 손을 윗도리 호주머니에 우아하게 넣고 다른 손은 조심스레 잔을 치켜든 G. F의 모습은 아주 그럴 듯했다. N의 이름은 조그맣게 나왔다. 그는 "나는 이제 익숙해졌네"라며 다른 사례도 제시했다. 그들은 함께 웃었다. "그런데 우리의 유명 초청 인사 Z, K, X를 본 사람이 있나?" "그들은 쉐라톤 호텔에 있지, 틀림없어." "게다가 X는 오늘 오후에야 도착할 거네. 뭘 기대하나? 우리의 학술 토론이 그에게는 지겨울 테지. 하지만 반나절이나 그에게 할애되었으니 그냥 빠져나갈 순 없을 거야. 직접 토론에 개입할까?" N은 "아닐 거야. 하지만 자신에 대해 말하는 것을 듣는 일이 지겨울 테지"라고 했다. 그 순간 수줍은 표정의 젊은 남자가 끼어들었다. (그는 아마도 B의 친구인 T일 거라고 M이 생각했다.) "나는 한번 만난 적이 있는데" "칭찬을 들으면 거북이처럼 머리를 어깨 속에 파묻던데 자기도 어쩔 줄 모르는 습관인가봐. 그러나 아주 정중하고 아주 사려 깊고 뭐든지 감수하는 사람이지. 그의 초기 소설에 관한 박사 논문을 썼던 아무개(M은 그 이름을 알아듣지 못했다)가 학위 발표장에 그를 초대했는데 그가 왔었지." "좋은 사업 거리네"라고 L이 이를 악물고 말했다. 젊은 남자는 이야기를 이어갔다. "그의 어투가 매우 매력적이었고." "그의 어투?" "그래. 그는 항상 프랑스어로 글을 썼고 어머니가 프랑스인이었지만 그는 아르헨티나 국적이고 아버지는 이탈리아 출신이었지. 그래서 공부도 거기에서 했으니 매우 국제적 인물인 셈이지. 여행도 많이 했고." 그때 전날 학회 마무리 모임에서 보지 못했던 M의 곁에 있던 여자가 "아주 미남이고"라고 해서 사람들은 웃었다. M은 나른하고 유연한 손길로 커피포트에 잔을 내미는 그녀에게 커피를 따라주었다. "당신이 내게 낙서한 그림을 보여줄 때 여학생인 줄 알았는데"라고 M이 말했다. L은 "자, 그만두게. 그다지 재미있는 이야기도 아닌데." M은 "아니야. 내가 보기에 딱히 아첨하는 말도 아닌데. 당신이 우리와 같은 동료라니 참 안심이 되네요. 나는 수업이 끝나길 기다렸다가 작가의 연보를 질문하러 오는 여학생처럼 지나치게 관심 많은 여학생들은 질색이거든. 질문이 아니라 유혹하려는 거지." "프랑스어로 말을 걸어서 내가 당신을 유혹하려는 거라고 생각했단 말이에요?" "아니 내가 말하려는 게 그게 아니고." T가 끼어들었다. "나도 이상한 일을 겪었지. 나도 아주 이상한, 뭐라 할까, 그렇지 남학생이 내게 수작을 건 적이 있었어. 밝혀두건대 아주 불편했었지." B가 냉소적 어투로 "그럴 것까지야 없지"라고, 아주 냉소적 어투로 말했다. "어떻게 빠져나왔나?" "박사과정 학생이었는데 니콜라에게 보냈지." 두 사람은 함께 웃었다. M은 "설명해봐"라고 했다. B는 "오, 그건 우리 같은 작은 학과의 작은 비밀일세"라고 했다.

거리에 나서자 M은 눈 덮인 아름다운 거리를 산책하고픈 마음이 들었다. 그는 젊은 여자에게 다가갔다. "오늘은 안 돼요. A의 발표를 듣고 싶거든요"라고 그녀는 말했다. "그의 발표는 내일로 잡혔는데." "정말 그런가요? 어쨌거나 아침 강연을 놓치고 싶지 않아요. 하지만 원하신다면 내일 미술관에 함께 가죠." M은 "좋아요"라고 말한 후 L을 바라보았다. "당신은 어제 저녁 뭘 하셨나요?" 그는 "역의 뷔페식당에서 저녁 식사를 했어요. 조금 둘러보고 슈크르트와 스텔라 아르트와 맥주로 정했지요." M은 리즈에게 엽서 보내는 것을 잊지 말아야 한다고 생각했다. 그녀는 엽서들을 작은 책상 위의 코르크판에 꽂아두었다. 주변 사람들은 활기차게 토론을 이어갔지만 그는 더 이상 듣지 않았다. B는 "'푸른기차' 레스토랑이 최근에 등급에 올랐다더군"이라고 했다.

처음 반 시간가량 뺨은 산책으로 생기가 돌고 머리카락은 반짝거려서 그들은 활기차고 쾌활해 보였다. 그들은 창문을 통해 담장 사이의 오솔길을 치우는 정원사를 내려다보았다. 고층 건물 위로 붉은 해가 나타났다가 다시 검은 구름이 눈에 보이는 하늘 전체에 퍼지고 있었다. M은 전날에 앉았던 좌석을 잡았는데 젊은 여자는 앞으로 두 줄 건너 L의 곁에 앉았다. 오전 발표회의 좌장을 맡은 Z는 이번에도 순서가 뒤섞였다고 말했다. 오전 끝 무렵에 발표할 것이라고 기대했던 J. A가 발표를 할 수 없을 것이라고 했다. Z

는 일종의 텔렉스 용지 같은 파란 종이를 흔들며 (발표 주제
는 제의적 식인 풍습이었죠, 하고 M의 곁에 있던 남자가 말
했다) 그의 비행기가 오늘 아침 착륙할 수 없었다고 했다. 이
유가 하이재킹, 인질극, 악천후 등등 어느 것인지 아직 밝혀
지지 않았다. O는 꽤나 큰 소리로 "식인종 특공대"라고 말
했다. Z는 서둘러 청중의 웃음을 가라앉히는 손짓을 했다.
그는 입가에 두 가닥의 깊은 주름이 파인 깡마른 체격이었
고 브레히트와 아폴리네르를 잘못 인용하며 발언을 이어갔
다. M은 고개를 돌려 V와 R이 출구로 가는 것을 보았다. 그
러나 그들은 잠시 후 M과 함께 다시 들어왔다. M은 L이 나
가는 것을 보지 못했다. L은 일회용 커피 잔을 조심스레 들
고 와 젊은 금발머리 여자에게 내밀었다. (저 여자의 이름이
뭐였더라, 어제 마르트라고 들었던가 아니면 내가 잠결에 들
었나, 하고 M은 생각했다.) 뒤에서 손가락 끝으로 가볍게 툭
툭 치는 반주를 곁들여 모차르트의 한 대목 "세 베데테 코메
파 타타타"를 반복하며 흥얼거리는 소리가 들렸다. M은 뒤
를 돌아보았다. "선생도 어제 저녁 영화관에 갔나요?" 그는
리모주의 R이었다. "아니요, 저는 저녁 열차로 도착했어요.

오전 내내 강의가 있어서요. 나는 아직 조교수라서 감히 휴강하지 못하죠. 왜요?" M은 "아무것도 아닙니다"라고 대답했다. 젊은 남자는 "우리가 함께 아는 친구가 있지요. 장 르네 O라고." M은 "아? 그 친구 잘 지내나요?"라고 물었다. 그러나 그때 Z는, 털털한 모습으로 연단의 계단을 올라오는 토론토대학의 J에게 발언 기회를 주고 있었다. B는 의자에 앉아 몸을 뒤로 젖히며 M에게 말했다. "지겨운 사람!" "아는 사람이야?" "아니야. 그렇지만 로마네스크 연구 학술지에 실린 논문을 읽은 적 있지. 이미 열려 있는 문들을 줄줄이 힘차게 박차고 들어가는 스타일이지." 다행스럽게도 J의 발표는 길지 않았다. 그를 뒤이은 오십 대의 여자 발표자도 대뜸 "길지 않을 것"이라고 예고했다. Z의 얼굴에 흡족하다는 미소가 깃들었다. "토론은 오전 발표가 끝날 무렵 몰아서 할 것을 제안합니다"라더니, 그는 불만 섞인 말을 듣지도 않고 발표자에게 시작을 권하는 손짓을 했다. M은 두통이 다시 찾아오는 것을 느꼈다. 그녀는 "의미의 정초적 규칙은 언어적 합의에서 벗어날 수 없으며⋯⋯"라고 말문을 열었다. 구름이 하늘을 점령했고 잿빛 햇살이 어두운 회의장에 떨어지자 형광등이 켜졌다. "영화를 보셨나요?" M의 곁에 있는 사람들 중 하나가 옆자리 사람에게 물었다. "얼마나 거만한 졸작인지! 모든 장면이 베를린의 삼십 년대 호텔 카이저호프에서 촬영되었지요." "카이저호프는 아니고, 그건 파괴되었는데." B는 의자의 뒷다리를 위험스레 기울이며 그의 쪽으로 몸을 숙였다. "무슨 말인지 이해했어?" M은 "고백하자면 그다지 경청하지 않았어. 다시 두통이 오네"라고 말했다. "아스테직을 복용해"라고 B가 말했다. 평론가 A. P는 자리에서 일어나 한 손에 종이를 들고 일련의 질문을 퍼부었다. 발표를 마친 E는 차갑고 소원한 표정으로 얌전하게 그의 말을 들었다. B는 "저자는 메모지를 준비했네. 그의 질문이 나쁘지 않아. 촌철살인인데." A. P는 "선생은 이런 부류에 속한다는 것을 인정하실지 모르겠으나……." 누군가 반박을 했다. 저게 무슨 소리야, 저게 할 말이야? 이제 클라이스트와 여전사 아마존이네. 갈 데까지 갔네. M은 왼쪽 모퉁이부터 가느다란 선을 그으며 종이쪽지에 음영을 넣기 시작했다. 전날부터 이따금 한두 문장이나 참고 도서 제목을 기록하는 것을 빼고 그는 메모를 하지 않았고 심지어 발표를 경청한 적도 없었다. 수치심 비슷한 것이 느껴졌다. 그는 왜 왔을까? 얼마 전부터 무슨 일이 있었던 걸까? 그는 여덟 살 시절을 떠올려보았다. 학교에서 돌아와 작은 집 부엌 식탁에서 공책을 폈다. 운하 수문 근처의 집이라 배수구에서 물 떨어지는 소리가 끊이지 않아 밤에도 잠에서 깨곤 했다. 어머니는 그때 이미 늙었다. (혹은 일찌감치 머리가 하얗게 세어버려 그렇게 보였다.) 한 번도 손에 책을 들어본 적 없는 손위 두 누나는 학교를 그다지 중요하게 여기지 않았지만 성적이 뛰어난 그를 자랑스러워했다. 그는 막내였고 게다가 남자였기에 당연한 것이었다. 당시에는 그만이 읽을 수 있었던 책들의 단어 뒤에서 무엇인가가 벌떡 일어나 그들의 소박하고 단조로운 일상을 바로잡아줄 것 같았다. 북쪽 지방의 안개 속에 빠진 운하와 그 곁을 따라 나란히 서 있는 포플러 길과 작은 단층집과 같은 것보다는 훨씬 화려하고 행복하며 자유로운 세계가 열릴 것 같았다. 그의 어깨 너머로 고개를 숙이고 밥 먹으러 와라, 나가 놀라고 하던 그 정다운 얼굴들이 환하게 웃고 있었다. 이런 것이 지켜지지 않은 약속인가? 약속을 지키지 않던 것이 그 자신이었던가, 아니면 당시 그에게 그토록 넉넉하게 약속을 남발하는 것처럼 보였던 세계였던가. 크리스마스에 그는 리즈를 데리고 누이 중 막내 누나의 집에 간 적 있었다. 아버지가 돌아가신 후 어머니는 거기에 머물고 있었다. 희망이 수포로 돌아가고 쓸모없이 세월을 보냈다는 둥 그에게 벌어진 일을 어떻게 그들에게 말할 수 있을까? 겉으로 보기에 그는 항상 변함없고 누이 눈에도, 매형의 눈에도 그는 똑같았다. 매형은 과장된 동료애가 깃든 말투로 그의 앞에서 주눅 들지 않으려고 애쓰고 있다는 것이 역력했다. 그들에게 삶은 모든 것이 단순했고 어릴 적부터 정해진 길을 따라가기만 하면 그만이었다. 그리고 오해가 해결되지 않은 적도 있었다. "저 많은 책들을 읽었어도 이건 몰랐지"라고 매형은 말하곤 했다. 혹은 불안을 감추지 못하며 "리즈도 나중에 자네와 똑같아질까?"라고 했다. 그리고 금세 세대를 넘어 전해질까 걱정되는 불편한 육체적 특성의 유전적 전이, 성격 등을 상상하기도 했다. 그가 생각하기에 자신이 성취한 예외적 출세를 정당화할 만한 것이 자기 안에 아무것도 없었다. 그만이 이런 예외적 대접을 받을 만한 장점이 없었다. 그는 그저 대학생에 불과했다. 딸 하나를 기르는 이혼한 남자. 직업이 없는 학자. 여름에 수영하고 그리스 술집에서 레치나 술을 마시는 것을 사랑하는 중년 남자. 그의 머리에 새치가 생기기 시작했고 오즈의 모든 영화를 보았으며 겨울이면 생마르탱 운하 길을 따라 끝없이 걸었다.

그는 다시 정신을 차리고 주변의 현실로 돌아와 기대하던 민중 언어에 대한 참고도서, 루마니아의 정신분석 동향 보고로 결론을 맺는 Z의 발언을 들었다. 어머니도 졸라의 소설 한 구절처럼 그에게 늘 "쓸데없는 생각에 잠기는구나" 혹은 "거기에 사로잡혀 사는구나, 애간장을 태우는구나"라고 근심 어린 말을 하곤 했다. (그런데 A는 어디 간 걸까? 노트를 '한번 확인하겠다'며 일행과 저녁 식사를 함께하지 않은 후부터 다시 눈에 띄지 않았는데) 어쨌든 오전 일정이 끝나고 결론을 내릴 때인데 Z가 능수능란하게 마무리했다. M의 뒤편에서 누군가 "'담배피우는오리' 식당으로"라고 외쳤다. 틀림없이 점심 식사를 위해 예약해둔 장소일 것이다. M이 식사 자리를 피하려고 슬그머니 꼬리를 빼려 하자 B가 선수를 쳤다. "아니지. 내가 곁에 있어주겠어요. 나도 거나

하게 먹고 싶지 않아요. 자, 그러지 말고 갑시다." 사람들은 흩어졌다. Z는 "다시 말하지만 두 시 반입니다" Z가 스피커를 우렁차게 울리는 단호한 목소리로 말했다. "정확하게 두 시 반입니다." 젊은 남자가 자리에서 일어나 B에게 다가왔다. 조금 전 그는 발표자가 여지를 남긴 문제에 대해 청산유수로 대답했던 터였다. B는 그에게 "당신의 답변이 아주 좋았습니다. 상대방이 입을 꾹 다물더군요"라고 했다. 젊은 남자는 미소를 지었다. "그 분야는 제가 학위논문을 썼던 것입니다. 아, 그저 3기 과정 학위에 불과하지만 선생님과 한번 토론해보고 싶었습니다. 그런데 내가 너무 격렬하지 않았기를 바랄 따름이지요. 그분은 나의 지도교수였거든요." "괜찮을 겁니다. 다시 검토하는 것이 필요했고, 그것이 전부죠." 두 사람은 미소를 지었다. "자, M, 자네도 올 거지?" 그러나 그는 옆으로 새어나와 관목 사이의 작은 통로를 통해 회랑 아래로 갔다. 한 줌의 식당 사용권을 손에 높이 치켜들고 있는 S를 둘러싸고 몇몇 사람들이 모여 있었다. "아니, 그러면 안 되죠. 그런 생각 마세요. 당신은 우리의 손님입니다!" G. F는 M에게 다가와 "오전 일정이 좋았죠. 그렇죠? 조금 뒤죽박죽이었지만 내용이 풍성했죠." 이들은 모두 연기를 하고 있다고 M은 생각했다. 그러나 M처럼 이들과 거리를 두고 두통과 침묵, 그리고 암울한 몽상에 빠져 산책하는 것보다 이런 것이 낫지 않을까? M은 화난 사람처럼 계단을 발로 걸어찼다. "오늘 아침에 박물관이라도 가는 것이 나을 뻔했네요"라는 마르트(혹은 마틸드였던가?)의 목소리가 들렸다. 젊은 여자 곁에 박사과정 학생이 있었다. 그는 돈이 없었는지 '담배피우는오리'로의 초대를 사양했다. "아니요, 나는 투표는 하지 않을 거예요. 당신은 도시가 어떤지 모르잖아요. 모든 게 가짜예요. 그들은 시장판의 도둑놈들처럼 뒤에서 서로 짜고……." "무정부주의자"라고 그녀가 말했다. "아뇨, 그건 절대 아니고! 무정치적이죠. 그런데 저기 큰 어른이 오시네요." G. F는 복도의 출구 쪽으로 질주하고 있었다. 젊은 여자는 M 쪽으로 고개를 돌렸다. "설마 저들이 저분을 학생 식당에서 식사하게 만들지는 않겠지요?" 학생은 "왜 안 되죠? 나는 저기에서도 잘 먹는데." 상냥하고 기품 있고 갈색 정장을 잘 차려입고 깔끔하게 면도한 뺨 위로 회색 머리카락이 흘러내리며 푸르스름한 턱을 지닌 키가 큰 남자가 이번에는 난처한 표정을 짓는 G. F의 당황한 말에 미소로 답하며 그들에게 다가오고 있었다. 그들 하나하나가 그에게 손을 내밀어 악수를 청했다. M은 키가 큰 남자의 불편한 심기를 달래주려고 마음먹고 "나는 당신의 오래된 독자 중 하나입니다. 심지어 『변경』의 초판본을 갖고 있거든요. 그리고 「낯선 바다의 시」가 실린 잡지도요"라고 말했다. X는 "정말 그 작품을 좋아하세요?"라고 물었다. M은 "아니요, 솔직히 말하자면 선생의 소설을 훨씬 더 좋아합니다." G. F는 그들의 대화를 초조한 표정으로 듣고 있었다. "M, X 선생과 대화를 끊어서 미안하네만…… 착오가 생겨서 택시가 이미 떠나버렸네. 혹시 우리들의 소박한 회식에 X 선생께서도 합류할 수 있도록 도와주면 좋겠네. 다시 말해 학생 식당, 그러니까 젊은 친구들 속어로 학식이란 곳에서 말일세." 리카르도 X는 "나로선 영광입니다. 저는 대학이라곤 근처에도 가보지 못한 사람이니까요"라고 했다. M은 그가 한때 불량 학생이었다고 자랑할까봐 그에 대한 불신감으로 언짢아졌다. 그러나 그는 "그런데 나는 전국 논문 대회에서 상을 탄 적도 있었지요. 나는 프랑스에서 학업을 마쳤고 그게 자랑스럽습니다." M은 고개를 돌렸다. 그의 예감이 틀리지 않았고 그는 설거지 냄새가 풍기는 식판을 들고 식당 입구에 줄을 섰다. 서로 나서서 X에게 포크와 나이프를 건네주려고 했고 X는 포크 두 개 중 하나를 그간 잊고 있었던 캐나다 여학생에게 정중하게 건네주었다. 사람들이 건장한 여자들에게 작은 접시를 내밀면 커다란 국자로 한 사람은 마멀레이드 소스를 뿌린 셀러리, 그다음 사람은 고기를 주었다. 다음 순서로 나아가면 마치 담장에 회칠하는 일을 마감하는 훌륭한 석공의 솜씨를 거친 것처럼 홍당무들이 탁월하게 접시에 올려졌다. 두 개의 식탁에 물병과 노란 플라스틱 빵 바구니, 그리고 그 사이에 포도주 병들이 차려졌다. 전 학장이 "아, 잊을 뻔했네. 잠시 후에 아주 형식적이지만 작성해야 할 서류를 드릴게요. 수고비 영수증인데……." M은 X를 슬쩍 곁눈질해 보았다. 그는 노란 띠로 둘러싸인 소고기 덩어리를 용감하게 공격했다. G. F는 X를 바라보았다. X는 호텔이나 여행에 만족했을까? X는 고개를 숙이고 턱을 종이 냅킨으로 닦은 후 입을 열었다. "창밖 풍경이 기막힙니다. 눈 덮인 광활한 전원 풍경이 보이죠." "쉐라톤이니까"라고 L이 나지막이 중얼거렸다. 식사가 끝나갈 무렵 그다지 주목하지 않았던 G가 식판과 포크 두 개를 밀어내고 손으로 바닥에 길게 선을 그었다. 그는 곁에 있는 사람에게 "아니야"라며 목청을 높였다. "내가 맞다고 생각해. 그건 아마 몽테스키외가 한 말일 거야. 북부는 회화와 문학, 식사 중 죄송합니다만, 음식과 배설의 예술이고, 남쪽은 건축과 음악이니 검박한 예술, 해골과 뼈다귀의 예술인 셈이죠!" L이 냉소적으로 "그러면 아프리카는?" "아프리카에 대한 이야기가 아닌데!" G는 어깨를 으쓱거렸다. 그리고 동의를 구하려는 듯 X를 바라보았지만 그는 심드렁했다. L은 의자 팔걸이 뒤로 팔을 내뻗었다. "그러면 자네 도식에 따른 다부다처제는?" X는 M에게 다비도프 담배 상자를 내밀었고 M은 잠깐 열린 상자 위로 손을 들어 망설였다. "고맙네." "커피를 마실 만한 곳을 알고 있나?" "복도 끝에 카페테리아가 있는데 일찌감치 경고하는데 맛이 경이롭지 않다네." "거기로 가지." X와 M이 함께 일어났다. 자기 식판을 들려고 몸을 숙이는 X를 보고 G. F는 "그냥 두세요. 우리가 치울 겁니다. 제발! 선생님들께서는 저명한 초대 학자를 너무 오래 붙잡고 있지 않기를 바랍니다!"

자기주장이 그다지 성공하지 못해 화가 난 G는 그의 젊은 시절에 학생 식당에서 남은 음식을 문 앞에 있는 커다란 통에 어떻게 버렸는지 설명했다. G. F는 거만한 표정으로 그를 바라보았다. 그리고 "부엌은 변소에서 결코 멀리 있지 않는 법"이라고 했다.

아직 이른 시간이라 M은 X와 함께 담배를 피우며 게으름을 피웠다. X는 작은 시가를 들어 올려 꼼꼼히 들여다보았다. "우리는 동일한 못된 습관을 지녔군요." M이 동의했다. "크리스마스 전에 금연한 적이 있었는데 다시 피우네요. 그전보다 더 많이. 거의 열두 살에 이른 내 딸이 내게 훈계를 하지만 나는 반박을 못 해요. 어느 날 그 아이가 어느 신문인지 모르겠지만 그림 하나를 잘라서 보여주더군요. 새까만 섬유질로 가득 찬 흡연가의 폐를 그린 그림이었죠." X는 빙그레 웃었다. "나의 아버지는 작년에 돌아가셨지요. 여든다섯 살을 조금 넘긴 때였죠. 말년 십여 년에 담배를 다시 피우기 시작했고 식이요법도 끊어버렸습니다. 그리고 내게 그러더군요. 이제 잃을 거 뭐 있냐고. 게임이 끝났는데." M은 뒤를 돌아보았는데 금발 머리의 젊은 여자(이름이 마르트였던가 아니면 마틸드였던가)가 그들 쪽으로 오고 있었다. X는 목례를 하고 토론장으로 돌아갔다. M은 그녀에게 "어디에 계셨나요? 식사하면서 당신을 찾아보았는데." "네, 나는 학생(박사과정 학생을 뜻한다)과 함께 걸었지요. 날씨가 춥고 운하의 물이 거의 얼어붙었더군요." 코와 뺨이 아주 새빨개진 그녀는 기분이 좋아 보였다. "보아하니 위대한 분과 함께 식사하셨나요?" "내일 아침 약속은 여전히 유효한 거죠?"라고 M이 물었다. 그녀는 고개를 끄덕거렸다. "여전히."

두 시 반이 되었고 '담배피우는오리'에서 식사를 마친 사람들은 여전히 돌아오지 않았다. R과 사회자의 표현에 따르면 R은 "발포"를 하고 초조하게 이리저리 오가며 벽시계 쪽으로 눈길을 던졌다. 겉으로 보기에 매우 차분한 모습의 X는 청중석 맨 앞줄에 앉았으나 누군가 다가와 연단에 올라가라고 청했다. 그는 여전히 무심한 표정으로 잠깐 혼자 앉아 있었다. R이 이따금 다가와 그에게 귓속말로 질문을 하면 그는 말없이 고개를 끄덕거렸다. 마침내 지각생들이 입장하고 제각기 흩어졌고 불쾌해진 얼굴로 홍겹고 혼란스러운 몸짓을 해가며 각자의 자리를 찾아 앉았다. "준비가 되었다면 리카르도 R 선생의 글을 인용하는 것으로 학술회의를 시작하겠습니다"라고 회장이 말했다. M은 침울하고 난방이 지나쳐서 후끈한 옛 시절의 오후, 그리고 쾌락을 추구하는 모호한 감정처럼 치밀어 오르는 졸음기가 뒤섞인 일종의 감미로운 흥분과 더불어 나른한 기분에 빠졌다. 그는 자리에서 일어나 최대한 직선거리로 카페테리아로 곧장 걸어갔다. B가 그의 곁에 왔다. "이제 나도 두통이 나네. 여기에는 비시 생수가 없나? 자네도 식당에 따라왔으면 좋았을걸. 완벽했거든. 멋진 스타일. 깨끗한 냅킨, 조각 크리스털의 물병, 정말 왔어야 했어." "비싸던가?" 하고 M이 물었다. "음, 따지고 보면 그리 비싼 편은 아니고. 그런데 매번 그래왔어. 나는 여행 경비의 전액을 식당에 쏟아부었거든." M은 "그런데 자네는 무엇에 대해 발표할 건가?" 하고 물었다. "내일 아침, 지난 십일월 모파상에 대해 썼던 것을 다시 발표할 거야"라고 B가 말했다. "공연히 고생할 생각이 없네. 그것만으로 완전히 충분할 거야. 혹시 잔돈이 있나? 이십 상팀이 부족한데?" 그들은 멀건 커피가 든 종이컵을 두 손가락으로 든 채 더러운 입식 식탁과 푸른 비닐 쓰레기봉투로 싸인 쓰레기통 사이에 아무 말 없이 한동안 머물렀다. B는 머리가 묵직해져서 커피를 한 잔 더 마시고 싶었지만 여자 종업원은 잔돈을 바꿔주지 않았다. 두텁게 노란 페인트가 칠해진 벽은 중간쯤에 커다란 갈색 얼룩들로 더러웠고 스프레이나 사인펜으로 낙서가 써 있었다. "열다섯 시에 모두 축제 광장으로", 날짜도 없는 호출, 허술하고 강렬한 내용, 지금은 수신자도 없는 메시지지만 마치 텅 빈 박물관 복도에서 팔을 내뻗고 우리의 머리 위로 보이지 않는 적을 분노에 찬 눈길로 노려보는 조각상처럼 강한 열정을 담고 있었다.

나지막이 박수 소리가 들려왔고 아마 R이 발표를 끝낸 것 같으니 이제 회의장에 들어가야만 했다. 시큰둥하게나마 토론이 시작되었고 사람들이 X에게 질문하는 것을 우물쭈물 망설이는 게 역력했다. 젊은 남자 하나가 조바심을 내며 손을 들고 흔들자 사회자는 마지못해 그에게 발언권을 주었다. "오, 저런. 저 사람이 입을 열면 끝장인데. 한번 물었다 하면 결코 놓지 않는 사람이야. 우리 학과의 P인데『가족의 천치』를 주제로 학위논문을 썼거든"이라고 B가 말했다. "선생은 (그는 공격적으로 X를 바라보았다) 글쓰기 작업이

주도적 생산양식에서 벗어난 것이라 했지요. (X는 끼어들지 않고 순순히 그의 결론에 수긍했다.) 당신에게 동의합니다만 어떻게 그것을 통합하여……." "내가 뭐라 했어"라고 B가 말했다. 그러나 X가 미처 대답하기도 전에 토론은 일반적 주제로 넘어갔다. "사회자, 잘 들리지 않아요! 질서 좀 지킵시다." "집단 수용소라니, 우리가 그 속에 들어앉아 있다니!" "집단 수용소(굴라크) 아니면 수프(굴라쉬)이거나"라고 O가 말했다. "맞는 말씀입니다. 선생, 맞아요. 우리가 주제에서 벗어났어요. 우리의 동료이자 주최자가 해명하도록 발언권을 주는 게 더 낫다고 생각하는데……." X가 빙그레 웃으며 고대의 연설자처럼 두 팔을 벌렸으나 목소리는 높이지 않았다. "나는 덧붙일 말이 없어요. 나의 책들, 혹은 나의 작업은 해석의 문턱에서 멈췄습니다. 유머가 많은 어떤 분의 표현에 따르자면 그런 셈이죠. 따지고 보면 제가 그 책의 저자는 아닙니다. 그러나 기회가 주어진 김에 그 주제에 대해 조금 해석을 한 것이지요." M은 몸을 숙이더니 서류 가방에서 얇은 책 한 권을 꺼냈다. 그가 가져온 X의 단편집이었다. X의 말을 들으며 그는 이따금 책을 힐끗힐끗 내려다보았다.

완벽해, 완벽한 거네. 우리가 성가시게 굴어도 저리도 감쪽같이 불편한 기색을 숨기는 것처럼 그의 글은 깔끔하네! 하고 M은 생각했다. 한 사람이 다른 사람의 가면 노릇을 하는 두 사람. 그의 눈앞에 있는 작달막하고 다비도프 담배를 피며 짙은 벨벳 정장을 차려입고 말끝을 길게 늘이는 저 사람, 그리고 짧고 속도감 있으며 수수께끼 같고 비밀스러운 텍스트 이면에서 M이 짐작할 수 있는 또 다른 사람. 두 사람 중 누구도 진실하지 않았다. X는 말을 이어갔다. "당신들은 학자고 나는 그렇지 않죠. 당신들의 작업은 진전이 있지만 나의 작업은 속으로 파고들거나 혹은 천착하는 편입니다. 그것이 차이입니다." 그의 말에는 뭔가 아첨하는 기색도 있지만 동시에 교활한 구석도 있었는데 그것이야말로 공개 토론을 오래 겪어본 습관을 드러내는 것이기도 했다. M은 누구나 가면을 써야만 하고 그것이 모든 이의 평화를 위해 필요하다고 생각했다.

　　오후는 18세기 네덜란드의 정물화에 관련된 K의 소략한 발표로 마무리되었다. 그는 몇 개의 이미지를 가져와 스크린에 보여주었다. 그는 목 단추를 풀어헤치고 선 채로 강

연했고 활기찬 그의 뺨이 번들거렸다. M은 그의 말을 흥미를 갖고 경청하니 마침내 잠이 깬 느낌이 들었다. 발표가 끝나고 그에게 M이 다가가 칭찬을 하자 그는 "함께 저녁 식사 합시다"라고 했다. M은 "불행히도 그럴 수 없네요"라고 했다. 그는 대학 준비 반 동창을 만나 저녁 약속을 했던 터였다. "그럼 파리에서 봅시다. 바람결에 스치듯 만나는 게 아쉽네요"라고 K가 말했다. 사람들이 끼리끼리 작은 그룹을 형성했다. '담배피우는오리'에서 식사했던 사람들은 가벼운 요리로만 만족하겠다고 선언했고 학장은 여기저기 조심스레 기웃거리다가 X에게 귓속말로 "친한 사람끼리 간단한 것, 작은 스프 정도로"라고 했다.

이런 말들을 전부 들었지만 아무도 그를 초대하지 않자 M은 조금 떨어진 데에 주차하고 있었던 그의 옛 동창에게 갔다. 그는 M에게 심드렁한 표정으로 다른 사람들을 손가락질하며 "어린아이들!"이라고 했다. 푹신한 쿠션과 넓은 실내의 신형 자동차에 M은 놀랐다. 그들은 자동차와 오토바이로 혼잡한 러시아워의 도심을 지나갔다. 사거리에서 차량 행렬이 길어지고 더 이상 꼼짝도 하지 못했다. 멀리에서 행렬이 제자리걸음을 하고 가로등 불빛 속에서 플래카드가 펄럭거렸다. M의 친구 피에르는 분통을 터뜨리며 "SS 단원들, SS야! 이번 주에도"라고 이를 갈며 말했다. "저게 뭐지?"라고 M은 물었다. 행렬이 요동치며 우렁찬 함성, 간간이 악쓰는 소리, 구호가 들렸다. 그러나 차량 행렬은 요지부동이었고 간헐적으로 클랙슨이 울리다가 불규칙하고 뒤죽박죽인 소음으로 변했다. 행렬의 선두 그룹은 곧바로 그들의 차까지 도달했고 차량 행렬을 둘러싸고 두 줄로 나눠졌다. "항상 이 모양이지. 너는 나를 알고 나의 의견도 알 거야. 그러나 저런 사람들은 아니지! 저들은 월급도 많고 보호받는 사람들이야. 너도 보면 알겠지만 저들 중 이민자는 단한 명도 없어"라고 피에르가 말했다. 행렬이 길게 늘어지면서 뒤로 처진 사람들이 자동차 문 쪽에 몸을 기울이고 차창을 두드렸다. "우리와 함께! 함께 갑시다!" 피에르는 어깨를 으쓱거리더니 다시 자동차의 시동을 켰다. 그들은 작은 사층 건물 아래에 차를 주차했다. "삼층이야"라고 피에르는 말하더니 M보다 앞서 엘리베이터 입구로 사라졌다. 아파트는 크고 밝고 책과 화분으로 가득했다. 입구는 아이들 장난

감으로 어수선했다. 친구의 부인이 부엌에서 나왔다. 수학 교수인 그녀는 눈이 떼꾼했다. M은 소나무 책꽂이에 고정된 전등 빛이 비추는 모퉁이에 있는 밝은 호두나무 식탁에 앉았다. 짚을 꼬아 만든 사각형 식탁보 위에 식기가 이미 차려져 있었고 그가 왔다는 이유만으로 꺼져 있는 텔레비전을 앞에 두고 서로 비슷한 일련의 음식이 나왔다. 디저트가 나오자 잠옷 차림의 아이들이 차례로 나와 밤 인사를 했고 그중 가장 막내 여자 꼬마는 그의 무릎에 올라와 두 번의 축축한 키스를 해주었다. "이름이 뭐니?"라고 M이 물었다. "엘리즈 예요"라고 아이가 답했다. "내 딸 이름은 리즈란다"라고 M이 말했다. "자네에게 딸이 있었던가? 나는 자네가 결혼한 줄조차 모르고 있었는데"라고 친구가 말했다. "이제는 아니고. 리즈만 나와 함께 살지. 열 살, 거의 열한 살이지." 엘리즈는 "마티외랑 동갑이네요"라며 얼굴이 환하게 빛났다.

아이들이 잠자리에 들자 애들의 어머니는 곧바로 자기도 모의시험 답안지, 학과 회의록을 들고 자리를 떴다. M은 일어나서 그녀의 양쪽 뺨에 키스했다. "한잔할까?" 그의 옛 친구는 오래된 자두주와 작은 잔 두 개를 찾으러 갔고 두 사람은 낡은 가죽 소파에 앉았다. 그들은 학회와 그곳에 흐르는 권태의 분위기, 그리고 이 학년 학생들의 수준, 고속도로 진입로를 달리는 젊은 오토바이족에 대해 이야기했다. 시간이 흘렀다. 그들 말끝마다 침묵이 흘렀다. 예비 학교의 추억이 되살아났다. 그들은 O에 대해 이야기를 나눴다. 덧창이 없는 창을 통해 거리와 그 묵묵한 빛이 들어왔다. M은 졸음이 왔고 피에르는 그것을 눈치챘다. "여기서 자고 가지. 침대 겸용 소파도 있어." M은 고개를 가로저었다. 잠깐 침묵이 흘렀다. 피에르가 입을 열었다. "그런데 너는? 어떻게 할 거야? 너에 대해 이야기 좀 해보지." 그러나 그는 무엇보다도 자기 자신의 처지에 대해 이야기하고 싶었다. "언제인가 다시 오면 조금 더 머물다가 가라. 이야기할 시간을 더 갖고 싶으니까. 그리고 내가 작업한 글도 보여줄게. 아, 그게 무슨 쓸모 있는 글인지 모르지만. 아무튼 내게는 소중하니까. 가끔 이런 게 무슨 소용 있을지 하는 생각이 들어. 결국 나의 환상이 깨지는 거지. 독자가 얼마나 있다고. 고정적 독자가 얼마나 있는지 너는 아니? 학생이나 공공 도서관을 제외하면? 너는 한 번도 생각해본 적 없어? 끔찍한 일이야. 변두리까지 합해서 인구 스무 명의 도시인데…… 있는 것이라고는 인공 호수와 윈드서핑뿐이고. 하긴 나도 애들과 함께 윈드서핑을 했지만." 그는 잠시 말을 멈췄다. "자, 생각해봐. 시립 도서관에 책들이 가득 꽂혀 있는데 그게 케케묵은 뷔데 전집이야. 이런 꼴이니 우리가 하는 일은 그저 헛수고일 뿐이지."

　　M은 새벽 두 시에 호텔로 돌아가 열 시까지 잠을 잤다. 잠에서 깨자 머리가 맑고 가벼운 느낌이 들었고 창으로 들어오는 생생한 냉기가 상쾌했다. 오전 발표회를 가기에는 너무 늦어서 커피를 마시러 역전 광장으로 갔다. 에밀 졸라에 대한 발표는 아쉽지만 별수 없는 노릇이라 그는 미술관 쪽으로 발걸음을 재촉했다. 햇살이 참으로 아름다웠고 눈이 군데군데 녹았고 지붕 위의 기와는 물로 씻어낸 듯 짙은 푸른 빛으로 빛났다. 구舊 도심가를 지나가며 그는 깊숙한 안마당, 조각으로 장식된 낡은 전면, 박공 등을 슬쩍 엿보았다. 그는 기둥 아래로 지나갔다. 바로 이런 데에서 살았어야만 했다. 이끼가 깔린 포석에 둘러싸인 낡은 우물가가 내려다보이는 두 개의 창문이 난 작업실. 그러나 오래된 건물은 보험 회사가 전 층을 차지하고 있었다. 그는 거리로 나갔고 아름

다운 공원으로 개조된 프랑스식 정원이 딸린 미술관은 바로 길모퉁이에 있었다. 그가 첫 번째 전시실(지역의 젊은 사진 작가의 작품이 전시되었다)을 재빨리 지나가자 조금 떨어진 데에서 그를 기다리는 마르트(마틸드였던가)를 보았다. "리 즈에게 그림엽서를 보낼 생각이지요?"라고 그녀가 물었다. 아니다, 이번에도 잊어버렸으니 출구에서 그녀가 다시 상기 시켜줘야 할 것이다. 두 사람은 19세기 풍경화 앞에서 몇 걸 음 걸었다. 차분하고 아주 짙푸른 풍경화는 모두에게 편안 한 느낌, 거의 장엄한 감정을 일으키고 커다란 구름 너머의 빛의 효과, 평원 위로 움직이는 그림자, 운하, 커다란 나무들 은 네덜란드의 대가를 떠오르게 했다. 마지막 전시실에서 그 들은 R을 다시 만났다. 마틸드는 "아쉽네요. 저 구석의 작은 전시실에서 뭔가를 보여드리고 싶었는데"라고 했다. M은 "그게 뭔데요? 가봅시다"라고 했다. R은 "여기 있었군요. 곧 정오가 됩니다. 가야만 해요. 지겨운 서류 작성을 해야 하거 든요. 폐회식에 참석해야만 해요"라고 했다.

　　어수선한 움직임, 오가는 사람들, 경쾌한 소란이 그들 을 맞이했고 몇몇 사람들은 이미 서류를 작성하고 마치 학교에서처럼 손에 든 서류를 흔들었다. "사회보장 번호를 외우지 못해서 어쩌나"라고 누군가 떠들었다. "할 수 없네요. 우리가 알아서 기입하죠"라고 모든 일을 담당하는 U가 말했다. M은 L에게 "그런데 S 선생은?"이라고 물었다. "아, 그녀는 오지 않았지요. 그녀 발표문은 복사본을 배포했고 당신을 위해 하나를 남겨두었죠." M은 서류를 받아 심드렁하게 훑어보았다. 그중에서 인용문 하나가 눈에 띄었다. "파리들이 붕붕거리는 가운데 보리수 아래에 상을 차렸다." 그는 마틸드에게 몸을 숙였다. 그리고 "이게 무슨 말인지 알아요?"라고 물었다, 그녀는 웃으며 "몰라요, 전혀"라고 말했다.

**

파리에 도착한 M은 마틸드가 열차에 타는 모습은 보지 못했다. 플랫폼에서 그의 앞에 있는 그녀를 발견했다. 그는 그녀를 따라가서 그녀가 보여주고 싶어 했던 그림이 무엇이었는지 묻고 싶었다. 그는 내달리다가 초록색 외투 차림의 검은 머리의 남자가 그녀 쪽으로 다가가는 것을 보고 마음을 돌렸다. 그런데 그 남자는 멈추지 않고 그녀를 지나쳐 갔으며 M은 지하철 입구 앞에서 호주머니에서 지하철 티켓을 찾으며 꽤나 오랫동안 멈춰 서 있었다.

{ 화가의 아틀리에 }

이층에서 강풍에 창문이 닫혔고 커튼이 문틀에 끼어버렸다. 아래층 창문 중 하나의 창가에 꽃이 핀 화분 두 개가 있었다. 고양이가 정확한 자세로 두 화분 사이를 지나가다가 화분 하나를 스치는 바람에 꽃들이 부르르 떨렸다. 고양이는 철사로 만든 궁륭으로 된 가운데 길을 덮은 장미나무 사이로 미끄러지듯 지나갔다. 복숭아나무 가지가 여기저기 걸쳐 있는 높다란 담 위로 농밀한 더위가 짓누르고 있었다. 소나기 소리 같은 것이 이웃집 정원에서 들리면서 바람에 실려 온 작은 물방울이 정원 나무에 닿았다. 물방울에 맞은 고양이는 펄쩍 뛰더니 등을 동그랗게 구부리고 발을 뻣뻣하게 세우며 짜증 난 듯 서둘러 자신의 등을 핥았다. 몸을 웅크린 채 눈을 감은 고양이의 줄무늬 털이, 얇은 편암 타일을 바른 벽과 거의 비슷한 색깔이라 구분되지 않았다. 나뭇가지 하나가 몸에 닿자 고양이는 잠깐 눈을 다시 떴다. 고양이 뒤쪽 아주 먼 데에 있는 언덕이 완만하게 내려오면서 강가까지 이어졌고 버드나무 사이에서 강물의 반사광이 어른거렸다. 둥그런 구름 떼가 흘러갔고 유리 창문이 잠깐씩 그 빛을 반사했다. 하늘이 컴컴해지고 한줄기 낮은 바람에 나뭇가지가 휘어졌다. 강 위에 생긴 커다란 물결이 수평선을 비스듬히 가로질렀다. 들판과 포도밭이 더러운 유리창을 통해 보이는 것 같았다. 정원도 꿈틀거렸고 새들이 울어댔다. 바람이 가라앉았다. 고양이는 눈을 떴고 꼼짝도 하지 않는 몸통에서 오로지 귀만 가늘게 떨렸다. 고양이를 가려주고 있던 나뭇잎 위로 작은 물방울들이 후드득 떨어졌다. 고양이는 머리를 목 속으로 움츠렸고 수염이 뻣뻣하게 긴장되었고 폭우의 물방울이 이제 나뭇잎 위를 지나가자 소나기를 등에 맞은 고양이는 펄쩍 뛰었다. 그러나 소나기는 이미 멀어졌고 저 멀리 강 쪽에서 묵직하고 나른한 물소리가 들렸다. 집들이 다시 나타나고 물안개의 장막은 동쪽으로 물러났다. 사과나무 가지는 굵직하고 난폭한 빗방울을 떨구며 다시 고개를 들었다. 새들도 다시 울기 시작했다.

아틀리에의 창턱에서 고양이는 정신을 집중해서 그들을 들여다보았다. 그러다가 유리창을 마주 보고 우뚝 서서 창틀을 긁기 시작했고 발톱이 빠드득, 빠드득 불쾌한 소리를 냈다. 뤼실이 그 소리를 들었다. 부엌 창가에서 그녀가 고양이를 불렀다. "이리 와라, 미누. 어디로 가야 하는지 모르는구나. 세 번이나 문을 열어주었잖아." 그러나 알렉시스는 이미 어두운 표정으로 아틀리에의 문턱에 서 있었다. "그놈의 고양이 좀 데리고 있어. 끊임없이 창문을 긁어대니." 그리고 문을 닫고 들어가버렸다. 뤼실은 아무 말도 하지 않았다. 그녀는 잠시 아틀리에의 문을 바라보다가 자기도 집 안으로 들어갔다.

＊＊

이 년 전 1963년 삼월 뉴욕에서 대규모의 회고전이 개최되었다. 뤼실은 브뤼노와 쌍둥이를 데리고 공항에 나갔다. 그녀는 마침내 집을 찾았다고 했다. "단독주택?" 하고 알렉시스가 물었다. 뤼실은 "응"이라고 하며 눈이 반짝거렸다. "아틀리에도 딸린 거야?" 아니, 아틀리에에는 없었지만 정원에 세울 수 있었다. 자리가 부족하지 않았다. 그들의 아들이 고개를 끄덕거렸다. "이제 우리도 부자가 되었네!"라고 알렉시스가 말했다. 뤼실은 다정하게 그의 팔을 꽉 잡았다.

다음 날 바로 그들은 차를 타고 집으로 갔다. 정원은 넓었다. 집 앞으로 풀밭이 에른강까지 이어졌다. 아래층은 약간 습기가 돌았지만 '큰 작품'은 좋았다. 그들은 곧바로 결정을 내리고 오후 에크빌에 있는 공증인 사무실에 들러 해가 떨어질 무렵 파리로 돌아왔다. 그렇다. 정원 구석에 아틀리에를 지을 공간이 충분할 것이다. 알렉시스는 야생 딸기나무 가지를 밟아가며 큰 보폭으로 설계도를 상상했다. 뤼실이 집 안에서 그를 불렀고 그는 곰팡이와 사과 냄새가 풍기는 부엌으로 들어가 그녀 곁으로 갔다. "내 생일에는 완성되겠어"라고 알렉시스가 말했다. "십이월에? 너무 빠듯하네"라고 뤼실이 말했다. "아니, 크리스마스에 들어갈 거야"라고 알렉시스가 말했다. 문짝은 뒤틀려서 제대로 닫히지 않았고 벽은 얼룩이 졌고 계단은 미끄럽지만 창문은 높았고 남향 거실에는 멋진 벽난로가 있었다. "쌍둥이는 다락방에서 재워야겠네"라고 그는 소리쳤지만 문이 열리지 않았다. 전기가 끊어져서 가구에 몸을 부딪치고 박쥐가 나타날 것 같아서 그들은 파리로 올라왔다. 뷔퐁가의 아파트는 더러웠고 어둡고 아틀리에는 불편했으며 창밖 풍경은 한심했다. 알렉시스는 나란히 서 있는 식물 공원의 나무들과 늦봄의 연약한 새순을 한심하다는 표정으로 손가락질했다.

공사는 즉시 개시되었다. 하수도를 먼저 공략하고 방학 중이던 브뤼노는 아버지를 도와 정원과 창문 아래쪽의 풀밭을 갈아엎었다. 사월 말, 아틀리에의 기반 공사가 시작되었다. 알렉시스는 설계도와 벽의 기반을 보았다. 그는 "헛간 같은 모양새가 되겠네"라고 했다. "아니야, 포도 덩굴이 타고 올라가게 만들어줄게"라고 뤼실이 말했다. 석공은 아니라며 고개를 가로저었다. 포도 덩굴은 벽을 상하게 하고 온갖 벌레가 들끓는다고 했다. 인부들은 삼각대 위에 판장을 얹고 그늘 속에서 점심을 먹었다. 알렉시스가 차로 가서 포도주 몇 병을 가져와 그들은 함께 잔을 부딪쳤다. 그들은 서두르는 기색이 없었고 외양간, 창고, 곡식 건조실을 세우듯 느긋하게 일했다. 그들 위로 나뭇가지가 길게 드리웠다. 나뭇가지 사이로 아주 맑은 하늘이 보였다. "이걸 모두 잘라야겠네"라고 석공이 말했다. 인부들 중 아름다운 까만 눈의 가장 젊은 남자가 뤼실에게 소시지 한 조각을 건넸다. 알렉시스는 시멘트 포대 사이에서 오고 갔다. "여기가 참 좋을 것 같아. 저 앞쪽에 온실도 만들 수 있겠고, 커다란 블라인드로 덮으면 좋겠어. 줄무늬 블라인드로. 저쪽 작은 숲, 저것도 우리 것인가?" 알렉시스는 알 수 없었다. 그녀는 헐벗은 나뭇가지 위로 까마귀가 날아가는 겨울 풍경을 상상했다. 남편이 혼자 작업하려고 한다면 자신은 저기로 산책 나갈 것이다. 혹은 아틀리에의 난로 곁에서 책을 읽거나 뜨개질을 할 것이다. 그녀는 "난로가 필요해요"라고 말했다. 석공이 "이미 생각해두었죠. 페르낭이 월요일에 올 겁니다"라고 대답했다.

알렉시스는 차 안에서 말했다. "이 모든 게 노르망 덕분이야. 그에게 신세 진 거지. 이십 년 이상 묵혔던 그림인 〈절벽들〉을 전시회에 추가하자는 아이디어를 냈으니까! 가장 성공한 것이 바로 그 작품이었어. 그런데 이제 다시 그림을 그려야겠고 내가 한물간 작가가 아니란 걸 증명해야만 해." 뤼실이 웃음을 터뜨렸다. "당신이 증명한 건 아무것도 없어." 갑자기 더위가 찾아왔다. 알렉시스는 잠들기가 어려웠고 오스테를리츠 다리 위로 뿌연 붉은 하늘을 오랫동안 바라보았다.

*

대작 〈절벽들〉의 대부분은 전쟁 중에 D에서 그린 것이다. 그 이후로 알렉시스는 그 작품에 손도 대지 않았다. 그들은 1941년 사월 말 노르망디 해안의 이층 단독주택에 자리 잡았다. 한쪽은 낮 동안 사람들이 설거지 물을 버리고 요강을 비우러 오는 악취 나는 골목길이고 다른 쪽은 항구 입구를 바라보는 집이었다. 매일 아침 그들은 항구 쪽으로 내려갔다. 바닷새들이 버려진 녹슨 페리호 폐선 위로 무리 지어 날아다녔고, 항구는 폐쇄되고 조업은 통제되었지만 파리에서보다는 잘 먹을 수 있었다. 낚싯줄이 늘어졌고 네덜란드처럼 벽돌집 합각지붕에는 도르래가 달려 있었다. 두 개의 방 중 넓은 방에 침대를 벽에 바짝 붙여서 놓았다. 중앙에는 양탄자를 간 원탁을, 문 쪽에서 끌어낸 장롱 속에는 몇 권의 책을 넣어두었다. 이웃집에서 빌린 장작 화로로 두 개의 방을 난방을 했다. 창이 북쪽으로 났기 때문에 작은 방은 알렉시스의 아틀리에로 사용했다. 뤼실은 대부분의 시간을 침대 속에서 보냈는데 거기가 가장 덜 추웠기 때문이다. 그녀는 문을 열어놓고 알렉시스에게 목청껏 책을 읽어주었다. 어머니 밑에서는 침대 정리도 한 적 없던 그녀는 뜨개질까지 배웠고 마을에서 생모 실타래를 가져와 직접 염색을 한 후 알렉시스를 위해 양 냄새가 풍기는 울긋불긋한 셔츠를 만들어주었다.

1938년 여름 화가, 철학자, 학생들이 매년 모이는 느와지 기독교 회합에서 처음 만났을 때 뤼실은 스무 살, 알렉시스는 스물네 살이었다. 뤼실은 소르본에서 갓 학부를 마친 상태였다. 그녀는 비단 스타킹을 갈색의 긴 다리가 드러나는 목이 둘둘 말린 짧은 양말로 갈아 신고, 매년 여름 알렉시스와 그의 친구 보리스가 그림을 그리려고 내려가는 시골 마을로 따라갔다. 그녀는 파란 리본으로 머리를 질끈 동여매고 식사를 준비했다. 보리스의 여자 친구 레온에게서 조리법을 배워서 포도나무 가지로 불을 지피고 정어리에 백리향을 뿌려 구웠다. 남자들은 헛간에서 잤고 여자들은 텐트에서 잤다. 알렉시스는 종일 바깥에서 지냈다. 뤼실은 그가 땡볕에서 퇴비 더미와 닭을 그리는 모습을 지켜보았고 그는 아무 말 없이 아주 고르지도 않고 아주 건강하지도 않은 치아를 드러내며 그녀에게 미소를 지었다. 그녀는 뤼베롱강의 별밤, 알코올 곤로, 분말 커피를 발견했다. 보리스는 그녀에게 러시아말을 가르쳐주었다. 그냥 놀고 있을 수 없어서 그녀도 그림을 그렸다. 어느 밤, 그녀는 레온과 함께 자던 텐트를 나와 헛간으로 가서 종일 덤불 속에서 지내는 알렉시스 곁으로 갔다. 비쩍 마르고 신열도 뜨거운 그의 몸이 아기처럼 잠결에도 말을 했다. 그는 눈도 뜨지 않은 채 그녀 쪽으로 돌아눕더니 열정적으로 그녀를 끌어안았다. 그는 "너는 시원하다"라고 중얼거렸다. 그리고 그는 거의 금세 잠들었고 거칠게 뒤척거렸다. 뤼실은 감히 몸을 움직이지 못하다가 그의 입술 아래에서 건초 향을 맡으며 그에게 바짝 붙어 잠들었다. 해가 떠도 알렉시스는 여전히 잠을 자고 있었다. 그녀는 항상 주홍색이나 노란색으로 물든 그의 네모난 손톱의 손을 부드럽게 입가로 가져갔다. 그는 잠에서 깨어나 미소를 지었다. 두 사람은 더 이상 헤어지지 않았다.

알렉시스는 아라스 지방 석공의 외동아들이었고 그가 다섯 살 무렵인 1919년 이월 마지막 제대군인들에 끼어서 그의 아버지가 제대했다. 부상 없이 전선에서 돌아온 아버지는 뼛속까지 달라져버렸다. 몸을 웅크리고 시선을 고정시킨 채 더 이상 일을 할 수 없었다. 그에게 연금이 지급되었다. 가족은 먼 친척의 추천에 따라 파리에 올라왔고 어머니는 메닐몽탕 거리에서 식품점을 운영했다. 아버지는 전쟁에 대해 입도 벙긋한 적이 없었다. 아버지는 위층의 자기 방과 소파를 벗어난 적이 없고 마룻바닥을 지팡이로 요란하게 두드리며 아내를 불렀다. 알렉시스는 난폭한 장면을 기억했고 진짜 아버지는 충혈된 눈에 덥수룩한 수염이 난 이 남자 이면에 숨어 있는 것 같았다. 어느 날 아버지는 어머니가 건네는 접시를 거칠게 밀치다가 어머니가 국물에 덴 모습을 보고 눈물을 펑펑 흘렸다. 학교에서 돌아와 알렉시스가 자신과 아버지를 위해 남은 커피를 덥히고 아버지에게 얇은 빵 조각에 버터를 발라 건네면 아버지는 어설픈 몸짓으로 빵을 커피에 적셔 먹었다. 그런 후 아이는 숙제를 하거나 아버지의 발치에 웅크리고 앉아 그림을 그리고 아버지는 공허한 눈빛으로 내려다보았다. 그는 아들이 그린 자신의 초상화를 좋아했고 그림을 쓰다듬곤 했다. 그는 제2차대전 직전에 죽었고 알렉시스의 어머니는 친정이 있는 마을로 내려가 살았다. 1940년 여름 자유로운 몸이 된 알렉시스는 뤼실이 강의하던 기숙학교가 폐쇄되자 그녀와 함께 파리를 떠난 것에 대해 추호도 후회하지 않았다. 그들은 도착한 후 몇 주 만에 D에서 결혼식을 올렸다. 뤼실의 어머니는 에르메스 가방에 치즈를 가득 넣고 환한 표정으로 그날 저녁 마을을 떠났다.

그들은 상륙작전 때까지 거기에서 머물렀다. 유일한 골칫거리는 난방이었다. 숲에서 나무를 줍는 것이 금지되었고 알렉시스는 바닷가로 나가 파도에 밀려오는 통나무를 주워왔다. 그것을 말리는 데 몇 주가 걸렸고 불을 때면 매캐한 연기가 피어올랐다. 매달 첫 번째 목요일 유아 건강진단을 받기 위해 순서를 기다리는 차량 행렬을 보면 울컥 애틋한 감정을 느꼈지만 뤼실은 당장 아기를 갖고 싶지 않았다. 알렉시스는 그녀의 의지에 따랐고 달의 이지러짐을 관찰하며 환산하는 황당한 피임 계획과 그 계산법을 받아들였다. 보리스와 레온은 두 번 그들을 찾아왔다. 두 번째 방문에서 삼등 열차 창문에 그들은 웃음 짓는 얼굴을 내보였고 열차가 움직이자 잠깐 동안 손 하나만 내밀고 흔들었다. 나중에 다시 생각해보니 알렉시스와 뤼실은 그 당시 어떤 예감 같은 것을 보았다. 보리스와 레온은 1942년 대규모 검거 작전에 걸려서 각자 다른 호송 열차에서 죽었다.

노르망디에서 보낸 세월은 알렉시스에게는 결코 피곤을 느끼지 않고 끊임없이 즐겁게 작업했던 시간이었다. 그는 노상 밖으로 나갔고 데생을 하다가도 해가 얼굴을 내밀면 채색을 멈추지 않았다. 항구로 나가 배가 귀항하길 기다렸고 시장통에 자리 잡고 크로키 수첩을 펴고 양동이에 우유 크림을 퍼 담는 억센 여인의 동작을 관찰했다. 목탄으로 그린 자기 얼굴을 보고 여자들은 웃음보를 터뜨렸다. "엥, 이게 나라고!" 젊은 여인에게 크로키 수첩을 찢어 건네면 그녀는 버터로 얼룩지지 않도록 손가락 사이를 벌려 정중하게 그림을 받아 들었다. 다른 여자들은 손으로 입을 가리고 킥킥거렸다.

그들은 바닷물이 빠지면 접근할 수 있는 좁다란 절벽 길을 발견했다. 그런 다음 파도가 가라앉길 기다려야만 했다. 밀물이 거칠게 그들에게 달려들었고 파도가 발목과 얼굴을 물어뜯었으며 물새가 그들이 남긴 음식 찌꺼기 위를 맴돌며 울어댔다. 그들은 웅덩이를 피해 돌아왔다. 알렉시스는 화구를 번쩍 들고 걸었고 뤼실은 치마를 걷어 올렸다. 그녀는 결코 무료한 적이 없었고 썰물 때는 어부의 부인들과 함께 바위에서 굴과 홍합을 땄고 집주인의 딸에게 책을 빌려주기도 했다. 키가 크고 우울한 성격의 그 여자아이는 전쟁통에 고관절 결핵의 치료를 중단했던 탓에 다리를 약간 절었지만 연극배우가 되길 꿈꾸었다. 이 년 남짓 동안 연작 〈절벽들〉이 마무리되었고 가장 어려운 작품은 〈폭우 속의 베르나빌 절벽〉이었다. 빛이 바뀌었고 색깔이 부족했다. 절벽이 폭격으로 파괴되었을 때 그들은 이미 도시를 떠난 뒤였다. 그들 집은 폭격에서 벗어났고 주인 덕분에 징발에서도 벗어날 수 있었지만 주인의 딸은 항공 폭격 초기에 죽고 말았다. 주인은 그들에게 편지를 보냈다. "당신들의 집을 폐쇄하며 알렉시스 씨의 방 열쇠도 드리지 않겠습니다. 그리고 내 불쌍한 에드몽드에게 빌려준 책은 제가 모두 보관하고 있습니다." 그들은 뤼실의 어머니 집으로 갔다가 1945년 시월 브뤼

노가 태어나자 뷔퐁 가의 집으로 이사했다. 두 개의 방에는 품질이 의심스러운 양탄자가 깔려 있고 창밖으로 식물 공원 가로수와 박물관 지붕이 보였다. 알렉시스는 가장 큰 방에 그림을 옮긴 후 창가에서 구름만큼이나 칙칙한 건물들을 그리기 시작했다. 그리고 스케치북에 그가 노란색 터치로 그린 바람에 흔들리는 나무들은 건축가 사무실의 모형처럼 뭔가 뻣뻣하고 굳고 우울하게 보였다. 그러나 이듬해 여름, 알렉시스는 밝아오는 여명을 그리려고 네 시부터 일어났고 오후에는 오스테를리츠 다리 아래로 센강을 내려가는 커다란 배들을 그렸다. 그는 〈절벽들〉을 아파트 입구에 겹겹이 쌓아두고 거들떠보지도 않았고 거의 팔지도 않았다.

*
*

알렉시스는 뉴욕 전시회에 보낼 작품을 고르는 데에 1963년 여름 내내 골몰했고 당시 그가 작업하는 그림과 너무도 달랐다고 생각했기 때문에 노르망의 강권이 없었다면 〈절벽들〉은 전시회 목록에 끼지 못했을 것이다. 그러나 그점에 대해 그는 아쉬워할 필요가 없었다. 〈절벽들〉로 그는 한 달 만에 지난 십여 년간 벌었던 것보다 더 벌었다. 그리고 이제 아틀리에 공사도 끝났다. 집 안 청소를 위해 매일 에크 빌에서 오던 프랑수아 부인은 아틀리에에 올라간 대들보를 보며 깜짝 놀랐다. "와, 저렇게 편하게 뚝딱 짓다니!" 아틀리에는 준비가 끝났다. 그러나 "회벽이 아직 마르지 않았어." 뤼실은 쌍둥이를 데리고 방학 동안 어디론가 떠날 것이다. 알렉시스는 여름 내내 작업을 위해 아틀리에에 처박혀 있을 것이다.

두 주가 지나갔다. 여름이 왔다. 알렉시스는 전쟁 기간 노르망디 시절 이후 이처럼 열심히 그린 적이 없었다. 앞으로 두 달, 심지어 석 달의 여유가 있었다. 그는 더 이상 불안과 고민에 시달리지 않았다. 매일 아침 충일감을 느끼며 잠에서 깨었다. 몇 달 후면 그는 쉰한 살이 될 것이고 흐르는 시간에 대한 의식은 그가 시도하는 작업에 미지의 순수함, 균형, 힘을 부여했다. 그는 무겁고 두꺼운 방식으로 캔버스 바탕색을 준비하기 시작했다. 팔이 부러질 것 같고 바닥에 눕혀놓은 캔버스 위로 몸을 숙인 채 작업하다보니 저녁에는 등이 아프고 뻣뻣해졌다. 그러나 낮에는 아무것도 의식하지 못했다. 점심은 훈육 소시지와 마멀레이드 소스를 뿌린 셀러리를 상자째 먹었고 냉장고에서 꺼내온 차가운 캔 맥주를 마셨다. 캔버스마다 화석화된 숲 같은 어두운 덩어리를 표현한 금이 간 긴 막대 모양을 배치하고 그 사이로 간간이 약간의 초록색이 지나갔다. 큰 통증이 왔으나 그림을 그리는 희열과 일상적 작업의 깊이에 몰두한 나머지 제대로 의식하지 못했다. 농사짓는 사람처럼 등과 팔만 지쳐갔다. 불타는 더위의 여름 속에서 세상은 멈춰버렸다. 태양은 박물관 지붕 위로 내리꽂히며 그의 창가에 눈부신 반사광을 퍼부었다. 그는 밤에만 외출했는데 오후에는 보쥬 광장까지 나가기도 했다. 팔월 중순이었고 잔디는 바짝 말라 먼지 냄새를 풍겼고 어린아이 몇몇이 나와 놀고 있었다. 가게 문은 모두 닫혔고 온 세상이 멈추고 죽은 것 같았다. 로지에르 거리로 돌아오다가 저녁 식사용으로 고기 파테를 샀고 테레빈 기름 냄새가 풍기는 골방에 다시 들어가자 마음이 놓였다. 그는 거의 잠을 자지 않았다. 밤에는 우리에 갇혀 더위에 시달리는 짐승이 서성거리는 소리가 들렸고 지쳐버린 도시의 냄새, 에테

르와 암모니아, 맥주 냄새, 전쟁과 동원령의 냄새가 피어오르는 것 같았다. 바닥에 매트리스만 깔고 잤으며 오랫동안 샤워를 하며 거울 속에서 자신의 움푹 팬 얼굴, 희끗희끗해진 귀밑머리를 바라보았다. 그 모습은 육체를 희생하고 삶을 마모시킬 만한 위대한 명작의 반대급부적 징후로 해석될 것 같았다. 그는 웃통을 벗은 채 슬리퍼를 신고 있다가 거리로 나설 땐 셔츠만 걸쳤으며 리옹역 뒷골목에 나서면 가뭄에 강바닥이 드러나듯 인파가 빠진 여름의 대도시의 여느 남녀와 다르지 않았다. 캔버스 앞에서 너무 고생할 때면 밖으로 나가 자기처럼 눈이 충혈된 외톨이를 만날 수 있었다. 먼지와 배기가스 냄새로 가득한 거리의 마로니에는 더럽혀진 나뭇가지를 바닥까지 늘어뜨렸다. 거기에서 그림자들이 이리저리 배회했다. 어느 저녁 그가 이해할 수 없는 언어로 어떤 남자가 맥주 한 잔을 건넸다. 어떤 날에는 오스테를리츠 거리의 호텔 입구에서 서성이는 어떤 젊은 여자 앞을 지나치기도 했지만 그는 차마 그녀를 따라가진 않았다. 그는 자신을 둘러싼 주변에서 무질서나 더러움을 느끼진 않았다. 아틀리에는 공격 직전의 참호, 임시 야영지, 이주 노동자의 방과 홉

사했다. 그는 팔월 이십오 일 가장 큰 작품을 마쳤다. 가장 자리가 허술한 틈 사이로 붉은 덩어리가 솟아나는 그림인데 탄생에 대한 암울한 알레고리였다.

뤼실은 구월 초에 돌아왔고, 역으로 마중 나간 알렉시스는 막 배에서 내린 뱃사람처럼 플랫폼에서 뒤뚱거리며 그녀를 기다렸다. 그들은 연작 작품에는 눈길도 주지 않은 채 그것을 뒤로 남겨두고 뷔퐁가의 아틀리에를 벗어나 이탈리아로 떠났다. 피렌체에서 그들은 평론가 G를 만나 그가 펼쳐 보여준 일본 잡지에서 〈절벽들〉에 대한 기사를 함께 찾아보았다. 알렉시스는 자기 이름을 찾아보려고 잡지를 구석구석 살펴보았다. 그들은 거기에 일주일 남짓 머물렀고 알렉시스는 하루바삐 에크빌에 정착하려고 조바심을 내며 뷔퐁가에 머무를 쌍둥이를 위해서 장남과 파리에 학위논문을 쓰러온 젊은 여교수를 남겨두는 방법을 찾아냈다.

어느 가을날 저녁 식기류 포장을 뜯는 뤼실을 집에 남겨두고 알렉시스는 여태껏 횟가루 냄새와 생나무 냄새를 풍기는 아틀리에에 칩거했다. 아틀리에가 마음에 들었다. 창문 아래로 땅이 녹은 정원은 더 이상 봄날의 아름답고 조금 야생적인 개화를 보여주지 않았다. 구름들이 흘러갔다. 어둠이 깔렸다. 알렉시스는 난로를 피우려고 애쓰다가 장작이 너무 축축해서 포기했다. 창틀을 긁는 소리가 나서 고개를 돌렸더니 고양이라서 문을 열어주었다. 이젤의 등을 켰지만 뒤집어놓은 캔버스, 나무틀, 굵은 섬유질의 거친 캔버스 이면은 어둠 속에 있었다. 장작에서 연기가 올라와 알렉시스는 성냥한 개비를 더 긁었다. 이번에는 불이 제대로 붙었다. 커다란 창문 너머로 검은 나뭇가지들이 바람에 흔들렸다. 나뭇가지 하나가 유리창을 할퀴었다. 알렉시스는 소파의 쿠션들 사이에 누워 감미로운 잠에 빠져들었다. 똑같은 나날이 그의 앞에 펼쳐졌고, 모두 비슷하고 자유롭고 매끈하고 미소 짓는 시간이다. 그를 감싸고 있는 안정감은 천장에 흔들리는 붉은 빛을 비추는 난로에서 규칙적으로 들려오는 장작 타는 소리와 어우러졌다. 막 잠이 들려는 순간 전쟁 시절 D의 작은 아파트에 불이 났던 밤이 불현듯 떠올랐고 그들을 잠에서 깨웠던 갈포 카펫이 타는 냄새가 되살아났다. 그리고 돌연 그 시절에 대한 커다란 회한에 잠겼다.

화가의 아틀리에

그리고 다시 겨울, 가을의 연장, 중간 단계를 건너뛰고 바로 봄으로 이어져서 나중에 눈부신 매서운 햇살과 얼어붙은 들판의 붉은 저녁놀을 박탈당한 것을 아쉬워할 만한 유예된 가을이었다. 뤼실은 "자주 걸어야 해"라고 했다. 그들은 매일 비옷을 입고 튼튼한 장화를 신고 오후 두 시쯤 밖으로 나가 나뭇가지를 꺾어 지팡이를 만들었다. 달콤하고, 위태롭고, 사라져버린 삶, 과거 노르망디의 추억처럼 동쪽에서 밀려드는 구름은 신선한 바다 냄새를 싣고 왔다. 그들은 새길을 발견하고 낮은 담과 철조망을 넘어가기도 했다. 그들은 "작은 숲"을 한 바퀴 돌고 공동묘지를 통해 돌아왔다. 이웃집이나 사람이 살고 있는 집을 다시 세어보기도 했다. 새들이 비스듬히 날아가는 지평선을 손가락으로 가리키며 그들은 "저기 아래로 가면 통로가 있을 거야. 거기로 가보자"라고 했다. 그러나 항상 생각보다 멀었고 그들은 야외 바람에 피곤해져 다섯 시쯤 집으로 돌아왔다. 알렉시스는 아틀리에로 갔으나 이미 너무 어두워 뤼실과 벽난로 옆에서 차를 마시러 다시 나왔다. 그는 저녁 식사 전에 소파에서 매우 자주 잠들었다.

그리고 몇 주가 지나갔다. 쌍둥이가 크리스마스에 왔고 이월이 되자 노르망이 작업의 진척 상황을 물어왔다. 알렉시스는 회답을 하지 않았다. 잠시 멈추는 시간을 갖는 것이 정상적이라 생각되었고 뤼실에게도 그렇게 말했다. 그리고 두 사람은 이 침묵과 불안의 순간이 작가와 시인에게 불러일으키는 공포감을 웃어넘겼다. 그들은 그런 증언을 서간문이나 작가들의 전기에서 읽었고 저녁 식사 후에 함께 그에 대한 이야기를 나눴다. 다음 날 알렉시스는 "자, 오늘은 작은 숲까지 가볼까?" (아니면 운하, 혹은 밤나무 숲까지? 세상에는 아직도 갈 데가 차고 넘쳤다.) 그들은 감히 먹지는 않았지만 버섯도 따고, 꽃이나 풀도 따서 뤼실은 책갈피에 넣어 말렸다. 질병이나 노화로 억지로 시골에 사는 사람들처럼 그들은 이 새로운 존재 방식에 별다른 노력 없이 적응했다. 그들은 항상 바깥에 나가야만 했고 산행의 이유나 산책의 목표가 많아질 봄을 벌써부터 생각했다.

겨울 끝 무렵, 그들이 한 번도 본 적 없는 현상이 일어났다. 빗물로 불어난 에른강이 범람하고, 목까지 물이 찬 땅은 더 이상 넘치는 물을 흡수하지 못하니 단숨에 들판에 물이 차고, 수십 킬로미터까지 잿빛 물 위로 비친 칙칙한 나무 그림자가 보였고 까마귀가 날아가는 하늘에서 느릿느릿 저무는 붉은 석양 그림자가 물 위를 밝혔다. 알렉시스는 급조된 호수 수면 위에 바람결이 일으킨 주름살을 사진 찍었다. 그는 커다란 장화를 신고 그가 알지 못하는 구석까지 조심스레 접근했고 여기저기에서 도랑, 나무 그루터기, 우물터가 나타났다. 그러나 저녁에 아틀리에 책상에서 필름을 뽑다가 그에게 등을 돌린 채 벽에 나란히 기대어 있는 빈 캔버스를 본 그는 재빨리 남아 있는 네거티브필름을 상자에 넣었다. 게다가 수위가 낮아지고 질척거리는 들판에서 밭과 길이 금이 쩍쩍 터져가며 말라버려서 그는 사진 촬영을 그만두었다. 그들은 며칠간 민들레를 따왔고 뤼실은 민들레로 삶은 달걀과 함께 음식을 만들어냈다. 그녀는 아무런 질문도 하지 않았고 항상 산책할 채비를 갖추고 있었다. 노르망이 뉴욕에서 마지막 수표를 보내왔다.

어느 날 오후(벌써 에크빌에서 맞는 두 번째 겨울이었

다) 그는 산책 여부에 대해 언급도 없이 식사 후에 집을 나갔고 뤼실은 그가 아틀리에의 문을 닫는 소리를 들었다. 다섯 시 무렵 그녀는 창틀을 두드렸지만 그는 아무 대꾸도 하지 않았다. 작업하는 그를 방해하지 않는 것에 익숙한 그녀는 정원을 한 바퀴 돌았고 아틀리에 뒤쪽을 지나가다가 남편이 유리 블라인드를 내려놓은 것을 보았다. 잠시 후 그는 헝클어진 머리와 충혈된 눈으로 그녀를 찾아왔다. "내가 도와줄 일이 있어?" 뤼실이 아니라고 고개를 가로저었다. 그는 "그렇다면 나는 다시 들어갈게"라고 했다. 일곱 시경 그는 아틀리에에서 나와 어깨에 고양이를 태우고 정원을 가로질러 갔다. 저녁 식사 시간에도 그는 말수가 적었다. 그렇게 해서 새로운 습관이 굳어지게 되었다. 어떤 오후에는 뤼실은 파리로 장을 보러가기도 했고 조금 무료감에 빠지기도 했지만 인내심을 잃지 않았다. 삼월 말, 노르망의 편지 한 통이 날아왔다. 알렉시스는 읽지도 않고 구겨버린 후 뤼실에게 산책을 가자고 제안했다. 그는 지친 것 같았고 뤼실의 어깨에 무거운 머리를 기대었다. 그녀가 "당신 요새 지지부진인 사람 같아"라고 했고 그녀 말에는 조바심이 담겨 있었다. 알렉시스

는 팔짱을 풀었다.

　여름이 오니 아이들이 돌아왔다. 알렉시스는 식탁에 마지막으로 앉았고 무뚝뚝하게 냅킨을 펼치고 거의 입을 다물고 아무도 쳐다보지 않았고 쌍둥이 중 하나가 컵을 쓰러뜨리자 너무도 화를 내서 뤼실은 얼굴이 하얗게 질려 그를 쳐다보았다. "알렉시스"라고 그녀가 말하자 그는 잠에서 깬 듯한 표정으로 자리에서 일어나 다정하게 아이의 머리를 두 손으로 잡고 아이가 어린 시절에 자주 그랬듯이 자기 머리를 아이 머리에 맞대었다. 그리고 그는 밖으로 나갔고 식탁에는 한동안 침묵이 흘렀다. 다시 평안이 돌아오고 여름이 깊어지는 것과 더불어 행복한 습관과 마을 사람들의 고된 농사철이 되돌아왔다. 파리 떼를 잡으려고 뤼실은 그녀 할머니에게서 끈끈이 종이를 얻어 왔고 식품점 앞에는 야영객이 줄을 섰고 우물이 마르기도 했다. 말벌의 날갯짓 소리가 늘어지는 낮잠 시간을 끊기도 했다. 쌍둥이는 커다란 나무 그늘 아래에서 오랫동안 공깃돌 놀이를 했다. 그리고 노르망의 두 번째 편지가 도착했으며 알렉시스는 읽지도 않고 찢어버렸고 아틀리에 문을 난폭하게 닫는 바람에 포도나무 줄기 하나가 끊어져버렸다. 그리고 노르망이 전화를 걸어와 왜 자기 편지에 회신을 하지 않는지 물었다. 뤼실은 "읽지도 않았고 봉투도 뜯지 않고 버렸어요"라고 했다. "약아빠졌네! 그 안에 수표가 들어 있었는데."

며칠 후, 달리아꽃 한 다발을 품에 안고 정원에서 돌아오다가 뤼실은 아틀리에의 작은 창으로 힐끗 안을 보았다가 흠칫 뒷걸음질을 쳤다. 알렉시스가 바로 그녀 앞에 팔베개를 하고 소파에 누워 있었다. 그녀는 아틀리에를 한 바퀴 돌아 앞문을 두드렸고 그는 금세 문을 열어주었다. 며칠 후 그 장면을 떠올리며 뤼실은 그가 그저 단순히 낮잠을 잤다고 생각했다. 그러나 그의 태도에는 그녀가 잊지 못할 어떤 경직되고 고통스러운 것이 있었다.

어쨌거나 그는 낮에는 자면서 밤잠은 제대로 자지 못한다. 땀에 젖어 뒤척거렸지만 뤼실은 모르는 척했다. "안 자?"라고 뤼실이 물은 적이 있었다. 그는 아무 대꾸도 하지 않았다. "무슨 일이야, 말하고 싶지 않아?"라고 다시 물었다. 그녀는 침대 속에서 그의 손을 찾아 잡고 자기 가슴 위에 꾹 올려놓았다. 그는 다시 자는 척했지만 숨소리가 너무 짧고 너무 불규칙해서 뤼실을 그리 쉽게 속일 수는 없었다.

다른 날 밤, 반쯤 깨어 있는 그녀의 귀에 그의 음성이 들렸다. "그런데 말이야" 하고 그가 말했다. 잠에서 완전히 깬 그녀는 침대에서 살짝 몸을 일으켰다. "자지 않았어?" "응, 내 말 좀 들어봐." 밤은 푸르스름했고 그의 윤곽이 밝은 유리 창문 위로 도드라졌다. "말해봐." "아직 아무것도 보여주지 않았어. 노르망에게 답장도 안 했고." 그녀가 말허리를 잘랐다. "괜찮아. 기다리라지, 뭐." 그는 다시 말을 이어갔다. "왜냐하면 보여줄 것이 하나도 없기 때문이었어." "보여주고 싶은 것이 없었단 말이야?" "아니." "모두 버린 거야?" "아니, 아무것도 버리지 않았어. 아무것도 하지 않았지." "스케치를 했잖아. 예전처럼 이번에도 잠깐만 참으면 다시 그릴 수 있을 거야." 그는 거의 화가 난 듯 고집을 부렸다. "아니야. 스케치도 안 할 거고, 그림도 그리지 않고, 나는 아무것도 하지 않아. 보여줄 것도 없어. 전혀." "그럼 그동안 도대체 뭘 한 거야?"라고 그녀는 다정하게 물었다. "잤어. 드러누워 잤어. 이렇게 몇 시간, 몇 주, 몇 년 동안이라도 잘 수 있을 거 같아. 아무 생각도 안 하고, 연필과 붓에 손도 대지 않고 그냥 자는 거야. 날씨가 좋아도 자고, 비가 와도 자고, 아침에도 자고, 저녁에도 자고, 오후에도 자는 거지. 밤에만 잘 수 없어." 그녀는 아무 말도 하지 않았고 갑자기 코를 짧게 훌쩍거리며 그가 우는 소리가 들렸다. 그리고 그는 다시 잠들었고 늦은 아침이 돼서야 깨어났다.

다음 날, 뤼실은 아틀리에에 들어가며 이미 짐작했던 사태를 보게 되었다. 바닥엔 물감 흔적이 없고, 더러운 휴지 뭉치, 항상 보이던 화병, 담배꽁초로 가득한 요구르트 병, 붓, 찌그러진 물감 튜브 등 그 어느 것도 없었다. 난로가 꺼져 있는 춥고 커다란 방에 있는 캔버스들은 벽에 기대어 꼼짝도 하지 않은 채 그대로 있었다. 그녀는 밖으로 나왔고 알렉시스는 따라 나오지 않았으며 그녀는 가장자리가 꼼꼼하게 가꿔진 정원의 길을 몇 발자국 걸었다. 지는 해가 작은 온실의 유리에 쓸쓸한 빛으로 반사되었다. 그녀는 다시 가보았고, 알렉시스는 목덜미가 움푹 파인 채 꾸부정하게 어깨를 움츠리고 책상 앞에 앉아 있었다. 목덜미의 수직 근육 두 개가 그의 하얗게 변한 머리카락이 흘러내린 목 아랫부분을 두드러지게 했다. 그녀는 그의 쪽으로 몸을 움직이다가 멈

화가의 아틀리에

칫했다. 그는 종이 한 장을 들어 이리저리 뒤집어보다가 찢어 한 주먹만 하게 뭉쳤다. 종이 구겨지는 소리에 그녀 가슴이 저려왔다. 해가 기울었고 그는 이제 온실의 커다란 틀과 입구 앞에서 머뭇거리고 있었으며 알렉시스 발치 주위로 노란 사각형 햇살이 방 안 깊숙한 데까지 길게 늘어졌다. 방 안에는 그림들이 그를 기다리고 있었다.

그녀는 발길을 돌려 부엌으로 들어갔다. 어둠이 깔렸고 그녀는 식탁을 차렸다. 잠시 후 아틀리에의 문을 닫은 후 어깨에 고양이를 얹고 알렉시스가 그녀에게 왔다. 그들은 아무 말 없이 마주 앉아 식사를 했으며 정말이지 아무 할 말도 없었다. "커피 줄까?"라고 그녀가 말했다. 그는 싫다고 고개를 가로저었다.

{ 완수 }

다섯 시 반, 그는 지하철 에스컬레이터 끝에 붙박이로 서 있는 젊은 남자에게서 신문을 샀다. 젊은 남자는 고객의 걸음 속도를 늦추지 않아도 되도록 매번 거스름돈 동전을 미리 조그맣게 쌓아놓았다가 건네주었다. 거리에 나서 그는 집에 가기 전에 가로등 밑에 서서 신문의 헤드라인을 훑어보았는데 남쪽 건물 모퉁이에서 불어온 바람을 맞은 신문이 그의 뺨을 때렸다. 좁은 잔디 화단 위에 박힌 대리석 표지에 작은 깃발들이 교차되고 그 아래에 인명들이 새겨져 있었고 횡단보도에 어린아이를 사이에 둔 두 여자가 어둠이 깔리는 차가운 바람 속에서 그를 바라보았다. 마치 그에게만 보내는 신호처럼 붉은 등이 켜지고 두 여자 중 하나의 어깨 위에 짧은 반사광을 비추었다. 그리고 아이는 그를 뒤돌아보았다. 그들은 젖은 아스팔트와 낙엽 냄새가 나는 거리를 함께 지나갔다.

매일 그랬다. 지하철 출구, 복잡한 거리를 몇 걸음 걷고,

역의 계단, 그리고 소란스러운 홀, 차가운 차창 유리에 나란히 얼굴을 맞댄 무심한 표정들 속의 그의 얼굴, 맞은편 차창의 반사광에 뒤섞여 아무 냄새도 없이 이어지는 철로의 불빛, 신호등, 다른 얼굴들, 광고판, 불쑥 펼쳐지는 철로, 녹슨 철문의 창고들, 자동차 정비소, 정원으로 둘러싸인 나지막한 집들. 가끔 여자가 나타나 빨래를 너는 덧문이 닫힌 단독주택들, 헐벗은 나무들, 고속도로의 곡선 진입로, 구름, 그리고 더러운 차창을 때리는 빗물. 도처의 소란, 움직임. 분주한 자동차 행렬, 운하 위의 배들, 사거리의 경적 소리, 역을 지날 때 삐걱거리는 창문들. 열차의 운행 소리가 모든 것을 덮어버린다. 낮은 적막이 모든 행동을 감싸고 무자비한 필연성에 굴복시키는 것처럼 보인다. 자신 얼굴의 흔들거리는 반사된 모습을 바라보면 그 떨리는 윤곽, 밝은색 외투의 세운 목깃, 넥타이의 매듭, 한쪽 팔 아래로 튀어나온 신문, 이런 모습이 마치 다른 사람이 자기를 보는 모습처럼 보인다. 그가 보기에 다른 사람과 자신을 절대적으로 구별할 법한 모든 것이 가치도 없이 지워졌다. 이런 자신의 모습은 어느 누구의 것도 될 수 있으며 그는 실수로 이 육체 속에 거주하게 되었고 그에게 부여되지 않은 역할의 행동을 반복했을 따름이다. 그러나 그런 것은 그리 중요치 않았다. 다른 사람들과 비슷한 얼굴을 드러내기보다는 조금 감춘 채 조금 뒤로 물러난 상태, 그러니까 그는 자기 자신의 '뒤'에서 머물렀다. 그런데 순간, 그는 정반대의 어떤 진실을 얼핏 엿보았다. 가면을 쓰고 살 필요도 없고 남들이 보는 자신의 모습대로 자신을 바라봐야만 한다는 진실. 당신 속에 도사리고 있다고 믿었던 '가면이 없는 존재', 당신의 얼굴이 드러낼 수도 있었을 존재, 거기에 그의 진실이 있었다. 그의 내면이 그를 어줍지 않게 감싸고 있는 살덩어리의 형상을 진흙처럼 빚어, 마침내 그 살덩어리가 내면과 닮도록 바꿀 수 있기를 그는 오래전부터 기대했었다. 그러나 그런 날은 결코 오지 않았다. 그리고 그는 여전히 어설픈 인형을 앞세워 살고 있었다. 그것은 마치 거대한 인형을 조종하며 자신은 인형이 아니라고 우기지만, 어쩌면 실은 오래전부터 혐오스러운 익명의 끈으로 하나의 몸이 된 인형극의 연출자일지도 모른다.

항상 그의 얼굴은 임시변통의 얼굴, 아직껏 어떤 중요성이나 의미를 갖지 못한 잠정적 얼굴에 불과했다. 얼굴에 생긴 변화들은 앞으로 닥칠 시련, 완성되지 못한 존재의 시도라고 할 수 있다. 그리고 이제는 너무 늦었다. 그의 표정은 흐릿하고 밋밋해졌다. 사용되지 않은 채 때를 기다리고만 있던 얼굴은 마치 제철에 나뭇가지에서 따지 않은 열매처럼 시들어버렸고…… 그렇다, 진흙 덩어리의 표면만 다듬은, 게으른 손으로 뭉개지고 밋밋한 얼굴이었다. 어린 시절의 창백한 얼굴에 베일이 드리워졌다. 진정한 자아가 되기 전에 남은 추억. 마치 희망과 회한 사이에서 그는 인생의 중요한 순간, 시기를 놓친 것과 같다. 젊었던 시절도 있었고, 항상 연기되고 항상 예측 불가한 지연에 굴복하지만 어떤 현시에 대한 기대감을 품은 적도 있었다. 그러나 변변치 않은 변화가 끝날 때까지 결정적 순간은 오지 않았고, 개안은 이뤄지지 않았다. 오로지 쇠락만 다가왔다. 그것은 마치 고생스럽게 산을 오른 후 산정에서 잠깐 머물지도 못한 채 내리막길에 선 것과 같았다. 충만감을 느끼지도 못하고 쇠락한 것이다. 갑자기 반대편으로 지나가는 열차의 불빛이 번쩍거리고, 배관 시설과 숫자들로 뒤덮인 컴컴한 터널을 흔들거리며 통과하는 열차에서, 짧은 머리카락과 몽상에 잠긴 표정, 겉으로 보면 변한 것이 없는 얼굴이지만 겨우 감지되는 흔적에 나타나는 쇠락. 변함없는 얼굴이지만 눈에 보이지 않게 파괴되고 허물어진 얼굴이 보인다. 그렇다. 인생의 절정은 없었고 아무 일도 벌어지지 않았다. 젊음은 그에게 하나의 의미를 부여하는 단계가 아니라 그저 한 상태에서 다른 상태로 이어지는 여러 상태 중 하나에 불과했다. 그가 연이어 겪었던 존재들은 이전 상태를 흡수했지만 성취에 도달하지 못했다. 모든 인간은 시장통의 소음을 일으키며 뒤의 것과 앞의 것이 서로 맞부딪치는 일련의 흔들리는 한 사람의 사진첩이다. 그는 입 밖으로 말은 안했지만 '시간'과 '삶'에 기대했고 그것이 아무리 신비로워도 예고 없이 그에게 변화를 주리라 기대했다. 그는 다른 모든 사람과 다름없는 존재였으나 시간은 흘러도 성숙은 이뤄지지 않았다. 젊음을 그냥 보냈듯이 이제 그는 중년의 시간을 보내고 있으나 희망은 사라졌고 내일은 마치 어제의 존재 이유로 드러날 따름이었다.

축축한 유리와 피의 냄새와 비슷한 녹내를 풍기며 흔들거리는 차창 유리에 비친 자신의 모습을 더욱 가까이 응시하다가 그가 마침내 본 것은 그와 죽은 사람 사이를 연결하는 어두운 인연뿐이었다. 살짝 왼쪽으로 휘고 끝이 너무 큰 코는 아버지로부터 물려받은 것이고, 이마 한가운데로 뾰족하게 흘러내리는 머리카락은 어머니와 같고, 한 번도 만나본 적 없지만 적어도 사진에서 본 것에 따르면 할머니와 이모들도 마찬가지였으니 따지자면 어머니의 어머니에게서 물려받은 것이다. 그것이 유산이었을까? 아주 미약하다. 왜냐하면 그는 그것에 대해 어떤 종류의 책임감도 느끼지 않았기 때문이다. 그것은 그저 숨겨진 사슬의 단순한 메시지였고 그는 무의미한 전달자의 존재보다 그 전달 자체가 더 중요한 봉인된 흔적의 전수자였다. 게다가 이런 종류의 임무는 자연의 원리가 알아서 해결해준다. 그의 아이들 중 하나가 그와 똑같은 좁다란 얼굴을 타고났고 그 아이도 자기 차례가 되면 그가 원치 않아도 그것을 자신의 아이에게 물려주거나 혹은 아닐 수도 있다. 어느 쪽이나 상관없다. 그런 것은 육체적 대물림에 대한 집착일 따름이다. 개인적 성취의 기미라도 얼핏 생기면 그런 것은 쉽게 잊어버릴 터였다. 그런데 그 성취란 것, 그는 그것을 어떻게 하는 것인지 몰랐고 그의 인생은 그것을 놓쳤다. 배태되고 출생했으니 그도 차례가 되어 배태했을 뿐이다. 그가 대를 끊지 않았으니 생물학적 계약은 성취한 것이며 그게 전부다.

*

좌석이 하나 비어서 얼른 앉았지만 그의 눈길은 금세 신문에서 빽빽하게 끼어 앉은 승객들에게 돌아갔다. 그들은 사라진 세대들이 던진 커다란 도전에 대한 수수께끼 같은 답처럼 보였다. 저녁에 나란히 앉은 그들의 몸과 얼굴, 희미한 열차 불빛, 하루가 끝난 시점의 침묵. 그들은 그만큼이나 자신이 하는 일이 무엇인지 제대로 이해하지 못하고 그렇다고 거기에서 벗어날 수도 없는 상태에서 묵묵히 희망 없이 무의식적 에너지를 발휘하며 그 은밀한 임무를 수행하는 사람들처럼 보였다. 겉으로 보기에 그들은 제각기 자신만의 길, 제각기 대충 그려진 그들의 꿈, 숨겨진 욕망의 소용돌이 속에서 대체 불가한 인생을 영위한다는 엉뚱한 확신을 갖고 자신만의 길, 자신의 개인적 목표를 추구하는 것 같았다. 그들 모두 그와 마찬가지로 생명의 투박한 원칙을 전수하기 전에

완수

사라지지 않기를 막연히 전전긍긍하는 살덩어리의 무리에 불과했다. 이 모든 육체는 창백해졌다가 이윽고 공허 속에 녹아들 것이지만 물질의 몇몇 편린, 그리고 화학적 조합이 남아 있는 순간, 자연은 만족할 것이다. 바로 그런 점이 그를 두렵게 만들었다.

그는 유리창에 서린 김을 손등으로 쓱, 문지르고 철로 곁에 서 있는 신호등 불빛이 잠깐씩 비치는 짙은 잿빛 공간 속에서 벗어난 자신의 얼굴을 다시 한번 힐끗 곁눈질했다. 그의 축축하고 차가운 손은 뺨으로 옮겨졌고 어머니가 물려주었으며 잠정적으로 아직 자기 것인 이 살덩어리를 오랫동안 주물렀다. 잠정적이라고? 그것은 자기에게 속한 것이 아니었고 심지어 어느 날 자기에서 속하지도 않을 것인데, 그것은 오직 자기에게만 속해 있고, 결코 남의 것도 아니다. 그의 손은 귀 쪽으로 올라갔고 맥박이 뛰고 있는 관자놀이, 머리카락, 그리고 이마의 뼈로 갔다. 그의 맞은편에 앉은 여자는 종착역까지 갔다. 그녀 무릎 위에 앉아 있던 아기가 그녀의 뺨을 그 작은 손가락으로 조심스레 잡더니 웃으며 잡아당겼다. 속임수가 일어난 것은 바로 그 순간이었다. 아기가 손만 뻗으면 닿을 수 있는 데에서 인생이 흘러가고 인생은 아름다울 뿐 아니라 항상 이렇게 붙잡을 수 있는 여유가 있을 것이며 기다릴 수 있는 것이라고 어머니는 아기에게 믿도록 한 것이다. 다정한 그녀 눈빛 하나하나가 그 사실을 확인해주었다. 무엇인가 도래할 것이며, 그것은 결국 '인생'일 것이다. 그러나 어느 날 가족의 무릎이 더 이상 지탱해주지 않는 날이 오면 그저 순수한 시간의 흐름뿐 더 이상 아무것도 없을 것이며, 오로지 시간이 흐른다는 징후 외에는 아무것도 없는 빛바랜 긴 기다림뿐일 것이다. 무無로의 느릿느릿한 귀환. 진실을 위해 필요한 자기 인식과 자아 성취를 위한 밝고 환한 그 어떤 일도 벌어지지 않았다. 따지고 보면 그에게 주어진 몫의 성취도 있었다. 한 여인의 사랑, 아기들, 지겹지 않은 직장.

잘게 떨리는 경고 벨 소리가 울리는 가운데 그들은 걸음을 재촉하며 역을 통과했다. 건너편 플랫폼에는 다른 열차에서 내려 듬성듬성 무리를 이룬 사람들이 지하 계단의 강렬한 조명으로 환한 쪽을 향해 걷고 있었다. 곡선 구간에서 열차는 속도를 줄였고 필레숲의 윤곽이 숲보다 밝은 밤하늘에 두드러지게 드러났고 그는 도착했다. 도착했다고? 잠시 후 그는 건물 앞 정원의 작은 철문을 밀고 들어가 매일 저녁에 그랬듯이 엘리베이터가 자기 층에 도착하기 전에 호주머니에서 열쇠를 꺼냈다. 불현듯 거의 이 년 전부터 그들이 살고 있는 동네의 지명이 유래된 곳이지만 아직까지도 본 적이 없는 호수가 떠올랐다. 여름을 제외하고 그는 항상 어두워졌을 때에야 귀가했고 아침에 출근할 때에도 겨우 어슴푸레한 햇살이 있었다. 일요일에는 외출할 마음이 없었다. 운동이라곤 해본 적이 없는 그는 집에서 운동복 차림으로 지냈다. 책을 조금 읽거나 텔레비전을 보았다. 클레르가 아기들을 데리고 산책을 갔다.

엘리베이터 문이 열리자 문득 그가 차별화되지 않은 어떤 공간의 어떤 지점에서 살고 있다는 생각이 들었다. 허공에 마술 지팡이로 쓱, 그은 사각형 공간, 윤곽이 없는 물질에 파놓은 사각형 상자. 오로지 파리로 향한 도로만이 방향을 가늠할 수 있게 해주는 중립적 공간, 그래서 프랑크와 산책할 때 그가 방향을 엄청나게 착각하는 바람에 아이들의 투정을 들어야만 했다. 두께도 없고 먼 곳도 없으며 아무리 넓어도 금세 아무것도 보이지 않는 공간. 도시도 마을도 되지 못하고 나란히 늘어선 집들. 새로운 통행 길과 슈퍼마켓 건축을 위해 포클레인으로 파헤쳐지고 지금은 버려진 밭들 사이로 탈색된 하늘 아래 세워진 단순한 거주지 군집. 그냥 한 공간, 그리고 그 공간 속에 뚫어진 구멍. 사람들에게 자신이 어디에 있는지, 거리를 가늠할 수 있도록 도와주는 것이라곤 아무튼 아무것도 없는 공간. 개 짖는 소리, 전기톱 소리, 잦아드는 목소리, 나뭇가지 사이로 울리는 바람 소리 등 다양한 소리. 그는 사람이 들어찬 허공, 열 시쯤 연속극이 끝나면 변기 물 내리는 우렁찬 소리, 엘리베이터 앞에서 만나는 항상 똑같은 몇몇 사람 외에는 다른 감옥들에도 사람이 사는지 인기척을 알 수 없는 감옥에 살았다. 이삼 주 연이어 토요일마다 그들은 벽을 뒤흔드는 전기드릴의 진동 소리에 잠을 깼다. 그런데 그 소리가 어디에서 오는지 알 수 없었다. 아마도 '아래'이거나 어쩌면 약간 '왼쪽'일 것 같은데 계단참으로 나가도 그다지 확실하지 않았다. 한 달 후, 진동 소리가 다시 들렸지만 똑같은 장소가 아니란 것은 확실했다. 이런 종류의 불확실성은 빈번했고 그들은 더 이상 짜증도 내지

완수

않았다. 고속도로의 규칙적인 자동차 소리, 멀리 트럭 지나가는 소리가 모든 소리를 덮었고 모든 소음을 획일화했으며 거리를 지워버렸다.

*

일요일, 혼몽한 상태에서 잠이 일찍 깼는데 전날 말다툼이 금세 기억나지 않았다. 아직 잠들어 있는 클레르 쪽으로 고개를 돌려 그녀를 바라보았다. 그리고 눈을 감고 다시 잠들었다. 아이들이 요란스레 그들을 깨운 것은 아홉 시 무렵이었다.

매주 토요일처럼 전날에도 자동차로 클레르를 데리고 슈퍼마켓에 갔을 텐데 눈을 뜨니 피곤이 몰려왔다. 그녀는 낡은 목욕 가운을 입었다. 그는 "나는 좀 더 잘게. 머리가 아파"라고 했다. 그리고 곧 다시 잠들었다. 잠시 후 벽을 통해 세탁기 진동이 아픈 관자놀이 속에서 공명하는 바람에 잠에서 깨었다. 아홉 시쯤에도 그는 여전히 잠자리에서 일어나지 않았고 자면서 그가 흘린 침으로 축축해진 자국을 뺨 아래로 느끼며 베개 밑으로 팔을 넣고 얕은 잠을 계속했다. 그렇게 침대 속에 처박혀 있는 것에 일종의 가벼운 수치감이 들었다. 다시 두 번째로 잠에 들려고 할 참에 클레르가 거칠게 방으로 들어와 커튼을 젖히러 가려다가 의자를 쓰러뜨렸다. 방을 지나가며 그녀는 셔츠를 들어 둘둘 말면서 침대 끝에 앉았다. "빛이 싫어. 눈이 부시잖아"라고 그는 투정하는 말투로 말했다. 헐렁해진 셔츠 소매를 잡고 클레르는 가볍게 그를 때리기 시작하더니 점점 세기가 더해졌다. "일어나, 벌떡 일어나라고. 일어나"라고 그녀는 이를 악물고 말했다. 그는 베개에 얼굴을 파묻고 움직이지 않았고 그녀는 다시 시작했다. "일어나, 늦었단 말이야. 제발 일어나라니까." 그는 불쑥 허리에 힘을 주고 벌떡 일어나 때리는 손을 잡으려고 팔을 뻗었다. "그만해." 그러나 그녀는 말을 듣지 않고 계속 때리다가 단추 하나가 그의 눈가를 때렸다. 팔을 허공에 멈춘 채 그녀는 죄지은 눈빛으로 그를 바라보았다. 커튼이 젖혀진 창문 너머로 비스듬히 줄지어 있는 건물들이 보였고 회색 안개 속에서 회색 전면부와 오각형 발코니가 보였다. 그런데 호수는 어디에 있는 걸까? 그리고 함께 가보기로 했던 여행

완수

은? 칸막이벽을 통해 탈수기의 박동이 다시 시작되었다. 아이들 중 하나가 날카로운 비명을 질렀고 그는 화가 났다. 그는 왼손으로 눈을 문지른 다음 거칠게 클레르의 얼굴을 밀치고 베개 속으로 몸을 파묻었다. 그녀는 잠시 미동도 없이 앉아 있다가 일어서서 그를 바라보면서 문까지 뒷걸음질 친 후 조용히 문을 열고 나갔다.

클레르는 오전 내내 아무 소리도 내지 않고 부엌에 있었다. 두 시 무렵 문이 닫히는 소리가 들렸다. 그는 배가 고팠지만 부엌에서 그녀를 마주치기 싫었다. 두통은 사라지지 않았고 화도 마찬가지였다. 그는 커튼을 다시 내리고 머리맡 스탠드를 켜고 다시 잠들었다. 잠에서 깨었을 때 아이들은 집에 돌아와 엄마와 함께 부엌에서 재잘거리고 있었다. 힘겹게 침대에서 일어나자 어지러워서 차가운 세면대에 엉덩이를 기대고 이따금 물에 적신 세면 장갑으로 부어오른 눈가를 문지르며 한동안 욕실에 머물렀다. 그리고 스탠드 등을 끄고 다시 누워 어둠 속에서 눈을 말똥말똥 뜬 채로 벽을 통해 단조롭게 속삭이는 말소리를 들었다. 식사를 마치자 금세 아내가 들어와 침대에 누웠고 말소리는 더 이상 들리지 않았다.

　다음 날 오후(일요일), 그들은 호수까지 가기로 결정했다. 그의 눈가의 부기는 약간 가라앉았고 두통도 사라졌지만 독감에서 회복된 것처럼 잠과 칩거 때문에 그는 힘이 빠져 있었다. 그들은 우선 어느 쪽으로 가야 할지 몰라 아이들 뒤를 따라가야만 했다. 관목이 심어진 똑같은 작은 정원, 빨간색과 노란색으로 칠해진 똑같은 미끄럼틀이 있고 그들의 집과 똑같은 일련의 건물을 지나가자, 슈퍼마켓 반대편에서 그들이 몰랐던 주택가를 발견하게 되었다. 아이들은 길을 구석구석 잘 알고 있는 모양이었다. 알린은 수영장 입구를 가리켰다. "학교에서 이곳으로 수영하러 왔지"라고 했다. 프랑크는 "나는 아니야. 나는 테르트르로 가는데"라고 했다. "오!"라고 하는 알린의 어투에는 약간 깔보는 느낌이 배어 있었다. 날씨가 바뀌었고 강한 서풍의 영향으로 하늘에서 빠르게 구름이 이동했다. 가까운 밭에서 퇴비, 썩은 풀 냄새, 그리고 바다 냄새라 할 만한 냄새가 바람을 타고 그들에게까지 밀려왔다. 프랑크는 "저 너머로 새로 난 고속도로가 있어"라고 했다. 그들은 진흙 언덕을 올랐다. 과연 멀리 멈취 있는 거대한 기계들, 대형 바퀴와 지친 팔처럼 늘어뜨린 삽이 달리고 노란 흙으로 얼룩진 굴착기들이 보였다. 그들은 왔던 길을 되돌아가야 했고 길이 끊어졌지만 호수가 그리 멀지 않았고 선명한 녹색의 작은 표지판이 안내하는 방향만 따라가면 될 뿐이었다. 그리고 콘크리트로 만든 두 개의 교차로 분리대를 나누면서 그 사이로 길이 끊어지면서 완만한 내리막길이 나왔다. 그곳이 호수였다. 호수라고? 그것은 차라리 굴착기로 인공적으로 불규칙하게 테두리를 판 웅덩이였다. 삼면이 시멘트로 막혀 있고 나머지 면은 십일월 바람에 휘어진 갈대밭이었다. 옛날 방식으로 포석을 깐 작은 공터를 둘러싸고 작은 나무 벤치가 배치되었고 꽃다발처럼 생긴 커다란 전등이 오후 대낮에 뜬금없이 불이 켜져 주변을 밝히고 있었다. 아무도 없는 벤치 사이로 부는 바람에 굴러가는 깡통 하나가 적막을 깼다. 이게 호수라고? 작은 콘크리트 구조물 안에서 웅웅거리는 전기 장치로 세심히 정화된 넓은 녹색 물인데?

아이들이 뛰어다니며 호수를 한 바퀴 도는 동안, 그는 걸음을 멈췄고 클레르는 아이들을 따라갔다. 시멘트로 장식된 반짝거리는 수면 앞에서 그는 문득 이곳에 대해, 일본식 정원의 키 작은 식물들 사이 다채로운 색깔의 모래에 슬며시 밀어넣은 작은 손거울 같은 호수에 대해 가혹한 평가, 자포자기한 희생자에게 내린 오판과 유사한 실수를 했다는 느낌이 들었다. 그렇다, 어떤 의미에서는 이 호수도 자신처럼 어떤 성취를 이루지 못했다. 지저귀는 새들과 푹신한 물가로 둘러싸여 하늘과 바람의 거대한 흐름 아래 넓은 초원 속에서 우여곡절 많은 자신만의 길을 호수도 놓쳐버린 것이다. 그래도 어쨌거나 물이고 몇몇 풀줄기와 다양한 연꽃의 넙적한 꽃잎이 떠 있었다. 그리고 건물들 사이로 부는 생생한 바람이 수면에 그런대로 진짜 물결을 만들어냈다. 그러나 이름 그 자체는, 이 사람 손에 길들여진 물의 편린의 경우, 너무 넓은 의미의 호수라는 단어는, 이곳과 맞지 않고 겉돌고 있었다. 인간이 어딘가 걸맞지 않은 이름을 부여하거나, 강아지에게 유아복을 입힌 것처럼 무엇인가 돌이킬 수 없는 일이 벌어진 것이다. 그는 연꽃 쪽으로 몸을 숙이고 있는 알린 곁에서 외투의 자락을 걷어 올리고 쪼그리고 앉아 있는 클레르에게 다가갔다. 은행의 연수 직원으로 일하던 프랑스 동부 소도시의 어느 일요일 오후, 그는 통근 열차 전용 역 근처의 카페 중 열려 있는 유일한 카페에서 어느 여인을 만났다. 두 사람은 그녀의 집으로 갔다. 늪으로 끊긴 넓은 들판이 보이는 창문이 있었다. 그녀는 커튼을 내렸다. "우울한 풍경이죠. 특히 겨울에는." 그녀는 침대 머리맡에 있는 핑크빛 갓의 등을 켜며 말했다. 그는 클레르에게 몸을 숙이고 어깨에 손을 얹었다. 알린은 자리를 비켜주었고 클레르는 몸을 일으키며 그가 빼지 않은 손 위에 뺨을 부비고 입술을 벌려 그의 손가락에 댔다. 그는 엄지손가락으로 아내의 차가운 귀를 몇 차례 어루만졌고 부드러운 연골 느낌의 귓불에 뺨을 문질렀다. "집에 가자"라고 그가 말했다. 아이들은 환호로 대답했고 시멘트 벽 사이로 사라졌다. 클레르의 어깨를 감싸고 아무 말 없이 걷다보니 문득 막 철들 무렵 어머니와 함께하던 산책이 떠올랐다. 언제라고 딱 잡아 말할 수 없지만 부정하지 못할 생생한 기억. 아마도 그의 머릿속에서 그토록 오랫동안 부재했기에 더욱 생생한 기억. 클레르의 입술이 그의 손에 닿은 부드러운 접촉, 말없이 화해를 호소하는 몸짓을 통해 고스란히 간직되었던 이 이미지가 불현듯 되살아났다고 할 수 있다. 그의 어머니는 파리 변두리에서 작은 바느질 가게를 꾸려나갔다. 일요일이면 십중팔구 "시합에 간다"고 사라졌다가 저녁 여섯 시 무렵 벌건 얼굴로 돌아오는 아버지를 빼고 어머니와 그는 산책을 나갔다. 그 시절 집들은 커다란 정원이나 공터를 사이에 두고 듬성듬성 떨어져 있었다. 어머니와 그는 항상 같은 쪽으로 걸어서 매번 파리 쪽으로 내려가는 완만한 비탈길과 계곡 아래에 옹기종기 모여 있는 집들이 보이는 언덕 꼭대기에서 걸음을 멈췄다. 어느 날, 어머니는 아무 말 없이 그를 쳐다보더니 그의 팔을 잡았다. 그가 더 이상 코흘리개가 아닐 무렵부터 서로 손을 잡지 않고 다닌 지도 오래된 터였다. 그의 팔을 꾹 잡고 어머니는 다시 걷기 시작했고 그는 소매 자락을 통해 딱히 꼭 쥘 엄두를 내지 않는 그녀의 가늘고 따뜻한 손가락을 느꼈다. 그는 하마터면 눈물을 흘릴 뻔했다. 그는 어머니 손을 붙잡아야만 했다는 걸 알았다. 그러나 그는 그러지 않았다.

어머니가 죽은 것은 그가 법학 공부를 시작한 지 몇 년 후였다. 그리고 아버지는 한 달에 한 번씩만 만났다. 그는 공부나 연애나 그가 본 영화에 대해 거의 말하지 않았다. 그의 아버지는 일종의 경외심을 띤 눈길로 쳐다보며 그의 말을 한쪽 귀로 흘려버렸다. 이 년 후 그는 입대했고 제대한 후 학업을 잇는 대신에 은행에 취직하였고 그게 다였다. 그러니까 어머니가 그에게 원했던 것, 그러나 그가 그녀에게 응하지 못했던 그 작은 몸짓은 영원히 마무리되지 못했으니 그 어느 것도 시작된 흐름을 완료하게 할 수 없다는 생각이 그제야든 것이다. 그의 어머니 손을 자기 손으로 감싸주지 못했고, 그것은 영원토록 그렇게 남아 있을 것이다. 그는 이십 년도 넘은 그날처럼 가슴이 찢어지는 고통과 동시에 자신이 위로 들려 올라가고 고양되는 느낌이 들어 다시금 눈물이 났다. 그는 속으로 몇 번이나 '고양'이란 단어를 되뇌었지만 그 철자법을 잘 몰라서 기도문에서 나오는 비슷한 발음의 단어 '이뤄지다'를 떠올렸다. 아니다, 유예된 소원을 이뤄지게 할 수 있는 것은 지금 아무것도 없다.

그들은 다정하게 집으로 발길을 돌렸고 그는 클레르의 어깨에서 손을 내려놓았다. 그들의 건물 앞에 있는 건물 앞을 지나는데 길게 늘어지는 전화벨 소리가 들렸다. 텔레비전을 일찌감치 켠 데가 있었고 거의 동시에 여러 색깔의 부엄 유리창이 환하게 변했다. 그들 넷은 말없이 군데군데 밝고 네모난 구멍으로 끊어진 시멘트 덩어리로 이뤄진 수직 담벼락 사이로 지나갔다. 그리고 어둠이 깔려 집집마다 거실의 커튼이 쳐지자 내려가는 길이 보이지 않았다. 안심할 수 없는 길 위에는 마치 그들처럼 오지 않을 완수를 기다리는 또 다른 사람들이 여기저기 있었으며 달은 깨끗이 씻겨나간 하늘 위로 떠올랐다. 하얀 달빛은 위부터 밝히는 바람에 테라스가 밝아지고 지붕과 거리도 환해지고 자동차 차체, 철로, 자동차 정비소들 사이에서 흐르는 검은 물길을 반짝거리게 만들며 창백한 가짜 천국을 솟아나게 했다. 그래서 그들은 덧문이 허술한 방 안으로 스며드는 우윳빛 달빛 속에서 잠들었고 그리고 그 빛은 아무것도 약속하지 않았다.

{ 역전 호텔 }

그녀가 먼저 들어갔고 스위치를 찾느라고 잠깐 멈춰 섰다. 그가 따라 들어와 그녀 뒤에 서서 그녀 등을 꼭 몸에 맞대었고 입술이 그녀 뒤를 지나 목덜미로 내려갔다. 그녀는 뺨으로 그의 윗도리의 거친 질감을 느끼며 몸을 돌리지 않은 채 등을 펴서 머리를 젖혔고, 그의 입술은 그녀 입술을 찾았으며, 그녀는 눈을 감았고, 그의 손은 벽을 더듬거리며 점등 스위치를 찾아 눌렀다. 그들 머리 위로 넓은 사각형 수반 속의 하얀 천장이 환해졌다. 푸른 타일이 깔린 욕실이 반짝거렸고, 방 안에서는 밤색 시트로 덮인 침대 위로 긴 형광등이 깜빡거렸다. 불이 켜진 지금 그들은 서로 떨어져 눈을 마주치지 않았다. 그는 여자 앞을 지나 윗도리와 가방을 의자에 던져놓고 침대 쪽으로 가 이불을 들추고 시트를 펼친 다음 침대 모서리에 앉아 구두끈을 풀고 양말을 잡아당겨 벗고 바지와 팬티를 내리고 푸른 셔츠 아래로 맨다리를 드러낸 채 공허한 눈빛으로 그녀 쪽으로 돌아섰다.

　　　　　　역전 호텔

그녀는 양말을 벗고 침대 위에 길게 누웠다. 그는 몸을 수그리고 긴 치마를 두꺼운 주름으로 뭉치며 벗겼고, 그녀 다리 사이에 누워 그녀가 한쪽 팔꿈치로 딛고 윗몸을 세워 옷을 다리를 따라 벗어 내릴 때까지 조금씩 힘겹게 위로 올라갔다. 그는 깊은 숨을 내쉬었고, 그녀도 마찬가지였다. 그녀의 팔은 벽에서 납작한 스위치를 찾았다. 그리고 눌렀다. 밤이 되자 그녀는 눈을 뜨고 오른쪽 창문, 그리고 녹색과 빨간색의 간판 네온사인을 보고 다시 눈을 감았고 팔을 그의 주변으로 가져와 그의 엉덩이를 감싸 안았다. 그는 그녀 속에 있었고 움직이지 않았다.

방금 빗물이 후려치는 카페 문을 밀고 들어왔을 때, 그녀는 높은 천장과 긴 밤색 의자, 녹색 화초 사이에 길게 정렬된 식탁만 우선 보았을 뿐이다. 그녀는 젖은 비옷 자락을 끌어올려 자리에 앉은 후 비옷을 완전히 벗고 멀찌감치 밀어두었다. 긴 흔적을 남기며 흐르는 물방울이 반짝거리는 유리창을 통해 역사驛舍의 나지막한 정면과 작은 국기가 솟아 있는 사각형 시계탑이 보였다. 젖은 인도와 건물 낮은 부분에 노란 빛을 비추며 자동차들이 지나갔다. 궁륭형 가로등이 화단 장식이 된 사거리를 둘러싸고 있었다.

　카페 안은 넓고 따뜻했다. 그녀는 발을 녹이려고 구두속에서 언 발을 꼼지락거렸다. 반대편 구석에서 음악이 흘러나왔다. 그녀 맞은편 긴 의자 위에 붙은 거울을 통해 그녀는 머리카락이 붙고 창백하고 피곤한 자기 얼굴을 보았다. 그녀는 외투는 잘 보이는 데에 잘 두고 피곤한 허리와 뻣뻣해진 다리를 끌고 지하실 냄새를 풍기는 구석의 계단을 통해

역전 호텔

화장실 쪽으로 갔다. 요란하게 변기 물 내려가는 소리를 뒤로 하고 화장실에서 나와 손을 씻고 분을 다시 바르고 루주를 칠하고 있는데 거울을 통해 닫혀 있는 전화 부스와 그 불투명 유리 너머로 보이는 모습이, 일그러졌지만 움직이는 머리가 보였다. 그녀는 손바닥에 물을 조금 받아 아스피린 한 알을 삼켰더니 기분이 좀 나아지는 것 같고 피곤이 사라졌다. 그녀가 몸을 돌렸을 때 전화 부스의 문도 열리고 짧게 자른 금발 머리를 이마 위로 넘긴 동그란 얼굴의 젊은 남자 하나가 나왔다. 군인인가보다, 하고 그녀는 생각했다. 그녀는 그의 앞을 지나 천천히 계단을 올라갔다. 그녀가 테이블 앞에 앉자 그도 자기 자리에 앉았다. 그는 주크박스에 동전을 넣었다. 묵직한 음정과 단조로운 박자의 음악이 그녀에게까지 들렸다. 그는 그녀를 쳐다보지 않았다.

그녀는 찻잔을 스푼으로 저었다. 빵가루가 남아 있는 접시를 응시하며 그녀는 미지근한 맥주의 마지막 방울까지 마셨다. 두 번에 나눠 커피도 마셨다. 그녀는 졸렸고 두통이 재발했다. 그러나 그녀는 두 번째 여행 내내 잠을 잤었다. 열차가 터널을 지나갈 때 그 입구에서 나는 유리창의 진동과 요란한 쇳소리에 가끔 깨어났었다. 잠에서 깰 때마다 차가운 유리창 때문에 무감각해진 얼굴을 기댄 자신의 대칭적 분신을 보곤 했다. 그리고 다시 잠들었다. 심장이 너무 빠르게 요동쳤고 입안이 말라 그녀는 아무 의미 없는 짧은 꿈을 꾸었다. 화장실 문이 열려 있어서 하얀 불빛과 소독약 냄새가 새어 나왔다. 그녀는 잠에서 완전히 깼고 손목시계로 시간을 확인했으며 열차가 벽돌 창고, 녹슨 표지판이 붙은 작은 간이역 앞을 멈추지 않고 지나가버려서 마을의 지명을 읽어보려고 애썼다. 그러나 어둠과 빗줄기가 방해가 되었다. 그녀는 자면서도 곱은 손가락을 읽던 페이지에 낀 채 가슴에

역전 호텔

끌어안고 있었던 책을 펼쳤다. 그녀는 이런 대목을 읽었다. "31호 아파트에서 일어난 상황은 말로 표현할 수 있는 한계를 넘어서며 니콜라이에프를 짓눌렀다." 열차의 다른 칸에서 어떤 움직임이 일어나며 사람들이 짐칸에서 가방을 내리고 외투를 입어서 그녀는 고개를 숙여 차창을 통해 드문드문 빛줄기가 비치는 까맣게 번쩍이는 풍경을 내다보았다. 비가 열차 차체를 때렸다. 들판에 가끔 불이 밝혀진 집들과 노란 등이 켜진 우회 도로가 들어찼다. 운하의 수문이며 작은 다리와 가스 공장, 그리고 낮은 집들이 나란히 들어서 있었다. 발치에 가방을 끌고 복도에 선 그녀는 차가운 쇳내를 풍기는 손을 코에 대어보았다. 다시 그녀 가슴이 너무 빨리 뛰기 시작했고 열차가 곡선 구간에서 속도를 늦추자 그녀는 차장 유리에서 슈퍼마켓의 텅 빈 주차장 너머로 흔들리는 하얗고 투명한 그녀의 얼굴을 보았다. 열차가 터널로 들어서자 다시 속도를 줄였고 익숙한 이름이 커다란 대문자로 쓰인 곳 앞을 지나갔다. 열차가 멈추었다.

그녀는 하얀 타일이 깔린 통로를 통해 출구로 갔다. 줄지어 서 있는 택시와 광장 중앙의 사거리 화단을 돌아 주변을 둘러본 후 황량한 길을 건너 빨간색과 녹색이 번갈아 반짝이는 간판 아래에서 카페의 문을 밀고 들어갔다. 그녀는 자리에 앉아 옆에 가방을 내려놓고 젖은 외투를 벗었다. 유리창을 통해 황량한 거리를 보며 호주머니에서 커다란 열쇠 꾸러미를 더듬거리며 찾았다.

역전 호텔

어제 저녁 잠들기 전, 그녀는 열쇠와 공증인 편지가 가방 속에 있는지 확인하려고 두 번이나 자리에서 일어났다. 아침에도 여전히 생각했고 일어나기 전에 그곳 날씨가 어떠할지, 아마 조금 추울 것이라고 상상했다. 비를 맞으며 자전거를 타던 길, 교실에 깔린 젖은 외투 냄새, 그리고 진흙탕 개울로 끊어진 돌계단과 농가들이 떠 있는 것 같았던 침수된 들판 등 예전의 늦은 봄이 떠올랐다. 거기에서 자야 할까? 그녀는 블라인드를 올리고 커피 마실 물을 끓였다. 그리고 배나무들, 그것은 잘렸을까? 틀림없이 그랬을 거야. 지난해 이미 그들은 죽은 나무숲에 뒤덮여 살았고 넓은 오솔길도 잡초 속으로 사라졌었다. 방의 창문을 통해 정원의 구도, 작은 정자의 위치 등을 짐작할 수 있었다. 관목들 중앙에 만든 사각형 무늬, 담장에서 이제는 야생화가 되어버린 훌륭한 꽃들. 그들은 담장을 허물었을까? 그 오래된 철문도? 그녀는 커피를 마신 후 커피 머신을 끄고 빈 잔을 정리하고 가방을 닫고 기다렸다.

열한 시, 그녀는 준비를 마치고 자크를 만나러 내려 갔다. 비가 쏟아졌고 거리의 플라타너스가 바람에 구부러졌 다. 그래도 기온은 온화했다. 역으로 가는 동안 자크는 "꼭 가야만 하는 거야?"라고 했다. "응, 서명을 해야 하거든." 그 리고 다시 자크가 말했다. "이르게 도착할 거 같네." "나는 그게 차라리 나아"라고 그녀가 대답했다. 그들은 은은한 석 탄 냄새를 간직하고 있는 넓은 홀 안의 카페에서 선 채로 커 피를 마셨고, 그녀는 열차에 올라탔다. 처음에는 혼자였는 데 나이 든 여자가 오더니 그녀 앞에 앉아 베이지색 외투를 벗어 꼼꼼하게 개어놓더니 종이봉투에서 크루아상 두 개를 꺼내 오랑캐꽃을 수놓은 작은 손수건으로 입가에 묻은 빵가 루를 닦아내며 조심스럽게 먹었다.

밤이 깊어지자 어느덧 아침이라고 생각하고 그녀는 잠에서 깨어 침대에서 일어났다. 호텔의 네온사인은 꺼졌고 커튼 아래에 비치는 하얀 빛줄기가 넓어졌으며 여전히 비는 내렸지만 신선한 봄비였다. 그녀는 머리맡 스탠드를 켰고, 그는 그녀 위에 팔을 얹은 채 아직 자고 있었다. 그녀는 그를 깨우지 않으려고 살짝 움직였으며 작은 여드름이 난 그의 우람한 어깨는 그의 호흡에 맞춰 오르내렸다. 그녀는 주변을 둘러보았다. 소파 위에 올려놓은 여행 가방, 양탄자 위의 커다란 오렌지 문양, 벽에 걸린 담황색 전화기. 그는 자고 있었다. 살짝 벌어진 그의 입에서 침이 흘러내려 숨을 쉴 때마다 자그맣게 훌쩍거리는 소리가 났다. 그녀는 그의 머리카락에 힘을 주지 않고 살짝 손을 얹었다가 천천히 일어나 의자 위에 있는 옷을 입고 욕실로 갔다. 가는 도중에 밤색 커튼을 젖히고 창을 통해 언덕으로 이어진 길, 성, 그리고 아직 불이 켜진 가로등이 늘어선 좁은 길을 보았다. 역전 시계탑은 네 시를 가리키고 있었다.

그녀는 다시 돌아와 그의 곁에 누웠다. 그는 잠에서 깨어 그녀를 보고 빙그레 웃었다. 그녀는 손을 뻗어 그의 목덜미에 얹고 쓰다듬었고 그는 천천히 머리를 꿈틀거렸다. 그의 머리카락이 마른 풀처럼 이마를 둘러싸고 곤추서 있었다. 그는 힘껏 자리에서 일어나 천천히 가슴팍을 문지르며 하품을 했다. "커피를 마시고 싶어, 당신은?"이라고 물었다. 그녀는 "나도 마실래. 그런데 좀 이른 시간 같네"라며 그에게 다가가 그의 품 안으로 파고들어 어깨에 살짝 머리를 기대었다. 그는 그녀를 한쪽 팔로 감싸고 그녀 가슴팍을 따라 손을 쓸어내렸다. 그녀는 그의 손을 잡아 입가까지 올린 후 손을 들여다보았다. "손은 보지 마. 손톱이 다 깨졌거든"이라고 그가 말했다. 그는 일어나 한걸음에 의자까지 가서 호주머니를 뒤져 담배 한 개비를 꺼내 불을 붙인 후 근육질 엉덩이와 날씬한 허리를 보이며 해를 등지고 섰다. 그리고 다시 그녀 곁으로 와서 누워 손바닥 움푹한 데에 담뱃재를 작게 나눠 털었다. "손이 데이지 않아?"라고 그녀가 물었다. 입 안에 잠깐 물고 있던 담배 연기를 조금 코로 내뿜으면서 그는

"아니, 전혀"라고 했다. 그녀는 그의 배 위로 팔을 얹고 날씬한 허리를 움켜 안았다. "피부가 많이 탔네"라고 했다. 그는 머리를 가로저었다. "아! 그리 타지 않았어. 나는 피부가 그저 빨갛게 되는 편이야. 선탠하려면 시간이 걸리지. 그리고 여름은 아직 멀었고." "어디에서 수영하는데?" "투렛에서. 그게 가장 편해." 그녀가 웃었다. "거길 알아?" "응, 내가 헤엄치는 법을 배운 데니까." 담배를 다 피우자 그는 주변을 둘러보더니 머리맡 탁자의 가장자리에 눌러서 담뱃불을 껐다. 그의 입에서 담배 냄새가 났다. 짙은 노란색 수염이 그의 입술 둘레와 턱에 조금 자라 있었다. 그녀는 베개 위로 누웠다. "왜 깬 거야?"라고 그가 물었다. 그녀는 아무 대답도 하지 않았다. 비는 그쳤고 해가 떴다. 단숨에 가로등이 모두 꺼졌다. 그녀는 그의 몸무게를 느끼며 눈을 감았다.

맞은편 여자는 크루아상을 다 먹은 후 종이봉투를 구겨 창가 아래의 철제 상자 안에 버렸다. 열차는 소나무 사이의 녹음이 짙은 좁은 길로 들어섰다. 그녀는 잠을 청하는 맞은편 여자를 보고 자신도 눈을 감았다. 여섯 시에 도착할 테니 나도 잠깐 눈을 붙일 수 있겠다, 하고 그녀는 생각했다. 그러나 잠은 오지 않았다.

그녀 부모가 집을 샀던 1958년에 그녀는 겨우 열 살이었다. 정원은 나무 한 그루 없고 땅은 마르고 딱딱할 정도로 버려져 있었다. 그녀의 아버지는 여가 시간을 몽땅 거기에 쏟아부었다. 땅을 갈아 모양새를 만들고 나무를 심었다. 해가 가장 잘 드는 벽에 붙여 작은 온실까지 지었다. 초봄부터 그가 일하던 시립 도서관에서 퇴근하여 다섯 시부터 추녀 밑에 자전거를 세워두고 사각형 땅을 갈아 계절에 따라 씨를 뿌리고 물을 주었다. 가장자리는 과수를 심었다. 가장 아름다운 나무는 배나무였다. 여름이 되면 그녀는 날벌레들이

역전 호텔

웅웅거리는 가운데 몇 시간씩 거기에 머물렀다. 그의 오빠가 학교에서 돌아와 "마리는 어디 있지?"라고 물으면 어머니는 웃음으로 대답했다. 그러면 "당연히 정원에 있겠지"라며 그도 웃었다. 오솔길을 가로질러 그는 달려갔고 그녀도 마주 보고 뛰어왔다. "아이고, 마리에트, 마리에트야"라며 그는 그녀를 끌어안았고 그들은 함께 집으로 돌아왔다. 그녀의 오빠가 알제리에서 살해당한 그해에 그녀도 집을 떠났고 방학 때에만 돌아왔다. 어머니는 자기 방을 나오지 않다가 항상 나무들의 푸른빛으로 환해진 정원 쪽으로 창이 난 방에 갈 때만 아래로 내려왔다. 아버지는 은퇴했다. 정원은 그들이 결코 그 바깥으로 나가지 않는 폐쇄된 우주였다. 오솔길 끝의 하얀 꽃이 빛나는 배나무 아래에서 고랑을 파고 있는 아버지를 볼 때면 그녀는 "너무 고생하지 마세요"라고 했다. "여기는 피에르를 위한 것이었다. 알고 있니? 모든 게 그를 위해서였어. 그러니 항상 잘 가꿔놓아야만 하지. 항상 정돈되어 있어야만 해" 하고 말했다. 집은 아주 아름답지도, 아주 잘 배치된 것도 아니었고 앞쪽 방들은 어둡고 습기가 찼으니 오로지 야생 정향풀로 뒤덮인 높은 담장으로 둘러싸여

서 실로 깊고 보호된 곳은 정원뿐이었다. 그녀는 집의 정문을 열기조차 어려울 것이라고 생각했다. 지난번에는 뒷문으로 나가야 했고 철문의 열쇠를 뜯어버리고 잡초로 뒤덮인 오솔길을 걸었다. 그리고 그녀는 벌써부터 썩은 나무와 곰팡이 낀 회벽, 벽지가 떨어진 복도에서 풍기는 냄새를 느꼈고 가구가 사라진 방들, 텅 빈 방, 액자를 걸었던 흔적이 남은 벽, 양탄자가 깔렸던 마룻바닥의 밝은 흔적을 상상했다.

그녀는 좌석에서 일어났다. 열차는 공명 소리를 내며 철교를 지나갔다. 텅 빈 칸막이 객석들을 지나 종이컵에서 흔들리는 커피를 들고 돌아왔다.

삐걱거리는 긴 의자에 앉아 그녀는 주문한 샌드위치와 맥주 한 잔을 종업원이 가져오길 기다렸다. 그녀는 곁에 있는 젖은 외투와 건드리면 열쇠 꾸러미 소리가 나는 가방을 바라보았다. 거기에서 자야 할까? 그는 발가락을 덥히기 위해 구두 속에서 발가락을 꼼지락거렸다. 기분이 나아졌다. 그녀는 등받이에 고개를 기대고 눈을 감았다. "부인, 샌드위치가 나왔습니다." 그녀는 눈을 뜨지 않은 채 고맙다고 말했다. 식사를 마치자마자 그녀는 자리를 떠야만 할 것이다. 그녀에게는 잠이 필요했다. 그녀가 몸을 일으키고 카페 구석으로 눈길을 돌리자 여전히 움직이지 않고 있는 젊은 남자가 눈에 들어왔다. 그는 주크박스의 비닐로 감싼 음악 목록을 보다가 구멍에 다시 동전을 넣었다. 그리고 종업원을 불러 맥주를 더 주문했다. 이번에도 그녀는 그가 이마 위로 짧게 자른 머리 모양에 주목했다. 코는 반듯하고 콧방울이 조금 불그레하며 입술은 어린아이처럼 잔주름으로 갈라졌다.

근육질 목은 우람한 어깨 속에 파묻혔다.

건장하고 짙은 화장을 한 중년 여자가 계산대 뒤의 종업원에게 다가갔다. 그녀는 무뚝뚝하게 장부를 훑어보았다. 그리고 장부를 서랍 안에 넣은 후 매니큐어를 칠한 손톱으로 목재 계산대를 톡톡 두드리며 무표정하게 버티고 섰다. 마리는 일어나 식탁에 지폐 한 장을 놓은 후 그 여자 쪽으로 갔다. 그녀는 그날 저녁 거기로 자러 가지 않을 것이다. 그곳을 가리란 것을 어찌 믿을 수 있었을까? "방을 하나 내주세요"라고 그녀가 말했다. 여자는 파란색으로 넓게 화장한 차가운 눈으로 그녀를 쳐다보았다. 그녀는 "혼자세요?"라고 했다. 그리고 마리의 시선은 텅 빈 호텔 로비를 지나 줄지어서 있는 화분을 따라가다가 구석 테이블에서 맥주를 다 마신 군인에게로 옮겨갔다. "네, 혼자예요. 그런데 여기에 가방을 두고 근처를 한번 둘러보고 싶네요." 그녀는 뒤돌아 열쇠가 걸린 판을 보았다. "23호예요. 가방은 방에 올려두겠어요. 열한 시에 문을 닫고 야간용 초인종이 따로 있어요."

그녀는 호텔 복도를 따라 밖으로 나갔고 온화한 바깥 공기에 놀라며 인도 위에 네모난 빛을 비추던 호텔 문을 닫았다. 그녀 위로 녹색, 빨간색의 호텔 네온사인이 깜박거렸다. 비는 더 이상 내리지 않았다. 역전 시계탑이 빛났다. 맑게 갠 하늘에서 빠르게 지나가는 실구름 뒤로 달이 나타났다가 사라지곤 했다. 팬지인지 앵초인지 알 수 없는 촉촉한 꽃들이 화단에서 봄 냄새를 풍겼다. 그녀는 광장 한복판까지 나아갔다. 역사의 문이 활짝 열린 건물 안의 신문 가판대는 셔터가 내려져 있었다. 창구를 따라 웅크리고 있는 두 남자는 얼굴을 두 팔로 감싼 채 잠들어 있었다. 오토바이가 요란하게 성채의 언덕길을 올라갔다. 그녀는 몇 발자국 걷다가 발길을 돌려 집 쪽으로 가는 길로 들어섰다.

그녀는 이제 십오 분 이상 걸었고 숨결은 고르고 깊으니 일종의 환희가 그녀를 사로잡았고 뺨과 머리카락을 때리는 저녁 공기가 상쾌했다. 가로등이 환히 비추는 담장 너머로 나뭇가지가 삐져나왔다. 그녀는 나무 냄새와 축축한 인도 냄새가 뒤섞인 냄새를 느꼈다. 고양이 한 마리가 길을 가로질러 갔다. 그녀를 보더니 고양이는 담장 위로 올라가 그늘 속에 몸을 웅크리고 앉았다. 정적. 뚝 떨어진 아래의 광장 쪽에서 자동차들이 목이 쉰 소리를 내며 지나갔다. 그녀는 아름다운 문들을 따라 걷다가 손목시계를 보았고 뒤에서 발자국 소리를 들었는데 바로 그 순간, 성당의 종소리가 울렸다. 아홉 시 반이었다. 그녀는 오른쪽으로 돌고 다시 더 오른쪽으로 돌아 강렬하게 환한 텅 빈 길을 들어섰다가 길을 건너 벽돌로 지은 교회 앞을 지났고 자갈길이 바스락거리는 소리를 냈으며 헤드라이트가 그녀를 비추었으며, 자동차 하나가 속도를 늦추더니 다시 속도를 냈고, 그녀는 이제 언덕의 다른 쪽 비탈길을 내려갔고 오른쪽에는 거의 보이지는 않지만 우람한 성채가 있었다. 집은 그리 멀지 않았다.

동네는 바뀐 것이 없었다. 전면이 목재로 된 협동조합 운영의 작은 식료품점, 푸줏간, 학교. 그리고 변함없는 커다란 정원들. 벽을 따라 걸으며 그녀는 호주머니 속에서 열쇠를 확인했고 입구를 지나 정원 철문으로 이어지는 오솔길로 접어들었다. 다시 발자국 소리가 들려 그녀는 걸음을 멈췄다. 잡초가 엉켜 있는 철책 너머로 무성한 나무들과 낮고 네모난 집의 전면부가 보였다. 집 너머의 길가에서 작은 집 이층 창에 불이 켜졌다. 하늘에는 다시 짧고 하얀 구름 뭉치가 지나갔다. 그녀는 손을 뻗어 자물쇠를 쥐었다. 다시 뒤에서 소리가 나며 목소리가 들렸다. "그냥 두세요. 제가 도와드리죠." 그녀는 뒤로 돌아섰고 딱히 겁이 나진 않았지만 호흡이 조금 가빠졌다. 그리고 카페에서 보았던 젊은 남자 얼굴을 알아보고 그에게 열쇠 꾸러미를 건네주었다. 그가 가장 작은 열쇠를 찾아 자물쇠 구멍에 넣었더니 쇠사슬이 풀렸다. 철문은 아무 저항 없이 쉽게 열렸다. 하늘은 다시 아주 맑아졌고 그들은 함께 몇 발자국 걸었으며 어스름한 저녁 하늘 속에서 집의 윤곽이 도드라지게 드러났다. 그들은 중앙 오솔길을 따라 걸어갔고 그녀는 마당 끝의 담장과 과일나무를 되돌아보지 않았다. 그녀는 곧장 작은 현관과 움푹 파인 계단으로 향했다. 그는 몇 걸음 떨어진 뒤에서 그녀와 거리를 두었다. 그녀는 조금 더 다가가 한 손으로 시든 나뭇가지를 걷어내고 지난여름 말라버린 꽃들이 남은 화단으로 다가갔다. 곁에서 무엇인가 스치는 소리가 들려 걸음을 멈췄다. 바람 소리인지, 고양이가 지나가는 소리인지 귀를 기울였다. 더 이상 아무 소리도 나지 않았다. 화단을 돌아서자 다시 소리가 들렸다. 그녀가 그늘 속에 얼굴이 감춰진 남자 쪽을 돌아보지 않고 손을 내밀자 그가 앞으로 와 그녀 곁으로 다가와 그녀 어깨를 감쌌다.

다시 풀이 부스럭거리는 소리가 나고 고양이가 담장 위로 뛰는 소리가 들렸다. 그들이 이제 집에 아주 가까이 갔다. 현관 여기저기에서 관목의 가지가 미풍에 흔들리고 있었다. 잎이 없는 가지들이 석벽을 할퀴기도 했다. 풀 속에서 뭔가 빛나고 있었다. 그녀는 쪼그려 앉아 풀을 헤치고 흙구덩이와 썩은 풀 속에서 녹슨 물뿌리개를 발견했다. 물소리, 반짝이는 반사광, 그리고 허리에 손을 얹고 면직 모자의 챙으로 얼굴을 가리고 다른 손으로 작은 헛간의 구리 수도꼭지에서 물뿌리개에 물을 받는 아버지의 모습. 바람에 기울어진 나뭇가지, 태양, 여름, 이웃 공원에서 울고 있는 공작새. 젊은 남자는 어깨에서 손을 거뒀고, 그녀는 쪼그려 앉아 풀을 헤친 후 흙속에서 물뿌리개를 빼내려고 애썼고, 물뿌리개든 표면에 진흙이 달라붙어서 뻥, 하는 소리와 함께 빠져나왔다. 남자는 그녀 곁에 서 있었고 여자는 쪼그리고 앉은 채 물뿌리개 곁에 붙은 진득한 작은 흙을 떼어냈지만 녹이 슬어서 구멍이 나면서 그녀의 손가락에 바스러졌다. 그녀는 일어나 끈적거리는 흙과 녹을 손에서 털어냈다. 그리고 몸을 돌려

역전 호텔

재빨리 좁은 구석으로 갔다. 맞은편 집의 불빛이 꺼졌다.

호텔 문 앞에서 그는 잠깐 머뭇거렸고 뒤로 물러나 있었다. 그녀는 그의 쪽으로 돌아서더니 미소를 지었다. 남자의 눈이 반짝거렸다. 붉고 파란 네온사인 불빛이 그들을 감쌌다. "이리 와"라고 그녀가 말했다.

218   역전 호텔

{ 생일 }

처음 샤를 틱시에가 잠에서 깨었을 때 아직 밤이었고 왼쪽에 엉성하게 쳐진 커튼 사이로 가느다란 햇빛이 스며들었다. 그는 천천히 아래에서 위로 그 빛줄기를 눈으로 따라가다가 이내 눈을 감았다. 도대체 몇 시일까? 눈을 뜨고 어두운 방을 바라보며 아마 서너 시쯤? 하고 생각하며 하품을 했다. 멀리 대로에서 트럭 소리가 났다. 우편 트럭이겠지. 그러면 세 시다. 그의 눈이 다시 감겼고, 다시 좀 자야겠다, 하고 생각했다. 시계의 초침 소리가 아득히 멀어졌다. 눈꺼풀 사이에 스며든 흐릿한 빛이 그의 눈 속 깊은 데에 나타난 얼룩들과 뒤섞였다. 그러다가 하얗고 강한 섬광이 모든 것을 압도했다.

그가 다시 잠에서 깨었을 때 거의 여덟 시 무렵이었고, 두통이 생기겠군, 하고 그는 생각했다. 낮에 힘들겠어, 다시 잠들지 말았어야 했는데. 그는 팔꿈치로 지탱하며 몸을 일으켰고 깊은 숨을 내쉬었다. 약을 먹지 말았어야 했어, 너무

생일

늦게 먹었던 거야, 혹은 맥주를 조금 더 마셨거나. 그리고 그 놈의 꿈들. 그는 다시 크게 심호흡을 했고 두 번 하품을 한 후 베개 위로 파고들었다가 아니야, 이러면 안 되지, 다시 잠들 텐데, 그런데 어머니가 꿈에 나오지 않았던가? 그렇다. 어머니가 꿈에서 그녀의 개 토비를 내놓으라고 했다. 맙소사! 토비를 찾다니. 그놈이 죽은 지 육십 년도 넘었는데. 휴가를 보내려고 생실뱅에 마지막으로 갔던 때, 강아지는 자기 방석 위를 벗어나지 않았고, 그래서 그는 자신이 음악학교로 이미 돌아간 건 아닌지 하는 느낌이 들었다. 그는 다시 침대에 앉아 눈을 감았다. 엄마, 확실해, 저 늙은 짐승에게서 악취가 나기 시작하거든, 안락사를 시켜주는 게 나을 거 같아. 그건 절대 안 돼. 그녀는 고개를 가로저었다. 아프지 않는 한 그럴 수 없고 쟤도 우리들처럼 끝까지 살 권리가 있어. 나는 기억한다. 어머니는 그다지 밝지 않지만 그녀가 좋아하는 아래층 큰 방에서 지냈다. 그곳에서는 해변 둑까지 이어지는 길을 볼 수 있었다. 둑, 물에 침식된 돌, 정박용 고리, 아, 그 모든 것이 지금까지 남아 있을 것이다! 그날 밤 꿈에서 그녀는 머리를 풀어헤친 채 얼굴이 벌겋게 달아올라 방마다 돌아다니며 개를 찾았다. 커튼 사이로 약간의 햇살이 들어왔고 이제는 정말 일어나야만 했다. 포석이 깔린 비탈길, 검은 물, 그리고 매년 봄마다 그토록 푸르던 풀, 쌀쌀한 데에 그렇게 앉아 있지 마라, 감기 걸릴라. 뛰어놀아라, 그리고 다리 밑 차가운 그늘 속에 있는 바위에서 미끄럼 타기. 그리고 납작한 조그만 성당, 촛불들로 밝혀진 어두운 구석, 목소리들. 풍금의 바람 소리. 말들이 지나가는 운하 길, 그리고 어린 시절의 나, 이런 것들은 누가 기억하리. 너무 잠을 많이 잤어, 하고 그는 생각했다. 지금의 내가 된 그 아이, 누구도 기다리지 않았던 그 누구. 샤를 틱시에는 침대에 앉아 목 단추를 잠그고 천천히 시트 밖으로 발을 꺼내어 양탄자 위를 디디었다. 말라빠진 허벅지를 내려다보았고 뒤집어진 셔츠 아래로 배, 그리고 고불고불한 하얀 체모 사이로 구부러진 성기가 드러났다. 이런 걸 감춰야지, 하고 중얼거렸다. 그는 잠옷 소매에 팔을 끼고 왼손 주먹으로 매트리스를 짚고 천천히 일어나 다시 현기증이 날까, 오늘은 안 되지, 하고 생각하며 창가로 다가갔다. 침대 발치의 의자 위에 그의 옷이 정돈되어 있었다. 틀림없이 내가 자는 동안 그녀가 들어왔고,

생일

내가 틀니를 빼고 자는 모습을 그녀에게 보여주기 싫어한다는 것을 그녀는 잘 알고 있었다. 젖혀진 커튼 너머로 칙칙한 잿빛 넓은 하늘이 드러났다. 그는 잠시 미동도 하지 않고 잠옷 끈을 허리에 둘렀다. 다시 영락없이 눈이 내릴 거야, 늙은 이의 생일을 축하하기에 아름다운 십일월이고 아름다운 하루다!

화초가 말라비틀어진 창틀의 작은 화분 위로 부리에 갈색 풀을 문 참새 한 마리가 앉았고, 샤를은 꼼짝도 하지 않았지만 참새가 그를 보았는지 생기가 돌며 반짝거리는 작은 눈으로 그에게 시선을 고정하고 작은 머리를 빠르게 좌우로 흔들었으며, 샤를이 손을 들어 창문 고리를 잡자마자 날아가버렸다. 샤를 틱시에는 돌아섰고 백발이 그의 이마를 둘러싸고 있었다. 여든 살이라니, 실감 나지 않네, 하고 그는 생각했다. 그는 목청 높여 "엘리즈!"라고 외쳤고, 복도에서 발걸음 소리가 멀어지더니 입구가 열렸다가 닫히고, 마룻바닥이 삐걱거리더니 라디오 소리가 들렸다. B 부인이 아마 도착한 모양이다, 하고 그는 생각했다. 짜증나네, 그 두 여자는 함께 무슨 짓을 하는 거야? 그는 침대 머리맡 탁자로 가서 무언가를 찾기 시작했다. 자, 내가 하지! 어디에 두었던가? 스탠드와 퇴색된 천이 걸린 벽 사이의 까만 가죽 액자 속에 긴 드레스를 입은 여자가 손가락을 책갈피 사이에 낀 채 책상 곁에 앉아 있었다. 그는 자리에 앉아 조금 가쁜 숨을 내쉬고, 내가 좀 늦겠군, 그럴 때가 아닌데, 오늘 할 일이 얼마나 많은데, 이런 건 없어도 상관없지! 그는 숨넘어가는 듯한 꾸짖는 어투로 "엘리즈!"라고 외쳤다. 문이 열렸다. 그녀는 상냥하게 "아직 깨지 않았을 거라고 생각했네"라고 했다. 그는 쳐다보지도 않았다. "도와줘. 찾을 수가 없어." "이걸 찾는 게 아닌지"라며 그녀는 편지, 축전, 축하 편지가 쌓여 있는 책상 위에서 조각 장식이 된 작은 은제 상자를 가리켰다. "맞아, 여기 있었네. 이제 완전히 망령이 들었나봐"라고 그가 말했다. 그녀가 미소를 지었다. 그는 침대에 앉아 살짝 벌어진 잠옷 가운으로 벌거벗은 다리를 감추고 슬리퍼 속 발가락을 장난삼아 꼼지락거렸다. "잠은 제대로 잤지. 그런데 발이 시렸어. 자정쯤에 약을 먹었는데, 그러지 말았어야 했나봐." 엘리즈는 일어나 커튼을 활짝 열었다. "봐, 눈이 내릴 것 같네. 눈이 온 풍경은 참 아름답지. 이게 모두 당신 덕분이야."

*

    다시 방에 홀로 남은 그는 호주머니에서 작은 상자를 꺼내 오른손 손톱을 깎기 시작했다. 왼손으로 넘어가기 전, 그는 가위를 든 채 잠시 멍하니 있다가 머리맡 탁자에 가위를 내려놓고 고개를 돌려 액자 속의 여자, 그의 개 토비를 바라보았다. 토비가 열두 살, 혹은 열세 살이 되었을 무렵이었다. 개는 비척거리며 걷다가 가구에 몸을 부딪치곤 했다. 커다랗고 푸르스름한 눈의 개는 숨을 가쁘게 쉬었다. 얼마나 슬픈 일이었던지! 당장 목욕을 해야겠군, 그래야 잠이 깨지. 그래서 자리에서 일어나다가 열두 살이라? 거기에 일곱을 곱하면…… 나보다 더 늙지도 않았었네, 하고 중얼거렸다. 그는 옆방으로 건너가 물을 받다 말고 샤워를 하면 어떨까? 하고 생각했다. 아니야, 실내복이 바닥에 흘러내렸고 그는 조심스럽게 욕조 가장자리를 건너는데, 욕조가 왜 이리도 높을까! 그리고 비누는 아마 엘리즈가 세면대 위에 두었을 텐데. 아니다, 바로 손이 닿는 데에 있었다. 따뜻한 물이 차올라왔고 수증기가 욕실을 채우더니 방 안까지 스며들어 유리창, 액자, 그리고 머리맡 탁자 위에 있는 사진까지 뿌옇게 만들었다.

　　방으로 돌아오니 얼굴이 붉고 생기가 돌면서 약간 부풀어 올라 있었다. 그는 면도를 먼저 하길 잘했어, 그러지 않았으면 식사 때까지 빨갛게 되었을 거야, 작은 거울 앞에서 셔츠의 목 단추를 채웠다. 나는 이렇게 딱딱한 컬러가 있는 셔츠를 입는 마지막 사람 중 하나일 거야. 그는 조끼의 단추까지 채웠지만 아직 바지는 입지 않았는데, 그것은 배를 너무 조이기 때문이고 사람들은 열한 시 전에는 오지 않을 것이다. 물이 넘쳐 성당 광장까지 잠기지 않았을까? 아니야, 광장은 아닐 거지만 뒷길, 공동묘지 쪽으로 가는 길은 틀림없이 물이 찼을 거야, 매장할 때마다 고생을 하곤 했지. 방 안 구석에 철창이 달린 책장을 두 개의 타원형 그림이 둘러싸고 있었다. 그는 열쇠를 돌려 책장을 열면서 그림들을 꼼꼼하게 들여다보았다. 한쪽 문이 마찰음을 내며 열리고 덜렁거리다가 멈췄다. 샤를 틱시에는 제본된 작은 책 하나를 꺼냈다. 밤새도록 그게 내 머릿속에서 맴돌았는데, 그걸 찾는 것도 귀찮은 일이야. "그리고 위로받지 못한 마음, 지쳐버리고." 아니다. 정확한 문장이 아니다. "그리고 위로받지 못한 마음 수그러들고." 그런데 이것도 아니고. 할 수 없지. 시간이 없네.

B 부인이 식당 입구에서 그를 기다리고 있었다. "생일 축하합니다. 선생님. 멋진 하루가 되겠네요. 오늘 아침 라디오에서도 축하 인사가 나올 거예요. 그들이 말하길……" 그녀는 말을 멈추고 커피포트 옆구리를 만져보았다. "금세 차가워지겠네요. 선생님은 아주 따뜻한 커피를 좋아하시는데." 그는 자리에 앉아 살짝 벌어진 팬티 자락을 무심한 손길로 몇 번 툭툭 치며 가다듬었다. 엘리즈가 신문들을 건네자 그는 밀쳐냈다. "이런 게 무슨 소용 있어? 날 좀 가만히 놔두면 좋겠어." "잊지 마세요. 젊은 남자가 열한 시에 올 거예요. 그 전에는 텔레비전 방송이 있고." 그는 고개를 숙이고 잠깐 눈을 감고 젊은 남자? 하고 생각했다. 젊은 남자라니, 그것은 얼마나 아득한 옛일이고 우리는 그 시절을 거의 잊어버린 것일까? 우리는 그 시절에 콩파뉴 프르미에르 거리에 살았다. 나는 창문을 활짝 열고 그 앞에서 작업을 했고, 담장을 따라 자란 작은 장미 덩굴, 아이의 침대에서 자려고 매일 밤마다 찾아오는 늙은 회색 고양이가 있었다. 아, 얼마

나 아득한 옛날인가! 죽음은 나의 앞에만 있는 게 아니라 내 뒤에도 있고 나는 오로지 죽은 것들로 둘러싸여 있다. 계속 살아서 무슨 소용 있고 왜 당장 모든 것을 멈추지 못하는 걸까? 그는 미동도 하지 않았고 손에 든 커피 잔이 흔들렸다. "이걸 읽어봐요"라고 엘리즈가 말했다. 그녀는 기사 몇 줄과 그의 사진이 실린 부분을 접어서 손가락으로 짚었다. 그는 거칠게 말했다. "이게 뭐야, 나의 부고 기사야?"

그가 방으로 돌아왔을 때 전화벨이 울렸다. 그가 불쑥 커피 잔을 의자의 팔걸이에 내려놓는 바람에 커피 방울이 튀었다. 그는 손바닥으로 커피 방울을 닦았다. "크게 말해요. 들리지 않는단 말이요"라고 그가 말했다. 전화를 건 사람은 자신감이 넘치는 젊은 목소리로 말했다. ("젊은 남자"라고 그는 생각했다.) 샤를은 그의 말허리를 끊고 "고마워요. 고맙군요. 알아들었어요. 열한 시. 혹시 초인종이 고장 났으면 문을 두드리세요"라고 했다. 참새가 창가로 되돌아왔고 이번에는 주철로 만든 처마에 앉아서 샤를이 찌, 찌, 하는 새 소리를 냈으나 참새는 타일을 스치는 날갯소리를 내며 날아가버렸다. 샤를은 전화를 끊고 창가 쪽으로 몇 발자국 다가

갔다. 저게 뭘까? 그는 숨을 가쁘게 내쉬며 상기된 표정으로 타일 조각을 하나씩 주워 모았다. "조각이네! 이걸 다시 붙일 수 없을 텐데." 엘리즈가 들어와서 그는 그녀 쪽으로 몸을 휙 돌렸다. "B 부인이 깨뜨린 거예요. 계속 울고만 있네요. 전보를 가져다놓으려다가 일어난 일이에요." 그는 부서진 조각을 손바닥에서 떨어뜨리며 분노에 찬 눈으로 내려다보았다. 그는 "모두 내다버려요. 그게 간단할 거요. 그리고 없었던 일로 합시다"라고 했다. "아니에요. 제가 수선해볼게요. 그리고 그보다는 B 부인을 위로해주세요." 그는 여전히 상기된 표정으로 복도를 조금 뒤뚱거리며 서둘러 걸어갔다. "혼을 내줘야지. 그래야겠어. B 부인, 마리아! 당신이 무슨 짓을 했는지 아는 거요?" 부엌문을 닫으며 그가 들어갔다.

*
*

엘리즈가 부엌에 돌아갔을 때 B 부인은 작은 의자에 앉아 있었다. "그래서, 다 끝났지요?" 그녀가 고개를 끄덕거리며 눈물을 닦았다. "이런 사고로 일이 늦어졌네." 창문을 통해 여린 햇살이 스며들어 싱크대 위에 노란 반점을 만들었고 고양이가 다가와 그 안에 길게 누웠다. "편한 자리를 찾아 편히 누웠네!"라고 말하고 그녀는 자리에서 일어났다. "저리 가라, 내 발밑으로 내려와"라며 그녀는 싱크대로 다가가 설거지를 시작했다. "커피를 다시 끓여야겠어. 선생님이 커피만 마시면 신경이 곤두서지만 오늘 같은 날이라면 드리지 않을 수 없지." 고양이가 그녀 곁으로 타고 올라와 살금살금 쌓여 있는 접시들 사이로 지나갔다. "이놈이 뭔가를 깨뜨릴 모양이네. 저리 가라. 얼른 내려가."

샤를 틱시에는 방 안에서 깨어진 도자기 타일 조각, 그리고 자기 손을 들여다보았다. 내 손이 아직 쓸모가 있을까? 그게 궁금하군, 악보를 펴보지 않은 지 보름도 지났는데 오늘 저녁 저들에게 무엇인가 연주해야 한다니, 예전에는 하루에 두 시간씩 연주했는데 지금은? 그런데 왜 사람들은 나에게 생일 축하를 하려고 안달이 난 걸까? 저들은 내가 늙은 것에 대해 자부심을 갖는다고 생각하는 걸까? 나는 늙는 게 부끄럽다. 그렇다. 수치스럽다. 그는 다시 자신의 손을 보고 눈을 감아버렸다. 다시 눈을 떴을 때 창문 꼭대기에는 구

생일

름이 낀 단조로운 회색 하늘만 있었다. 또 눈이 오려나! 하고 생각했다. 그러나 방금 전까지만 해도 해가 잠깐 보였다. 그 아래 강물 위로 거룻배가 천천히 지나갔다. 나지막이 차량 행렬 소리가 들렸다. 버스 한 대가 대로에서 비스듬히 옆으로 미끌어졌다. 아, 이제 빙판이 생겼나보네! 그러다가 불현듯 생각이 났다. 아니야, 다시 잠들면 안 되는데, 그놈의 약 탓이야, 반 알만 먹었어야 했는데. 그는 꿈을 꾸었다. 그는 햇살 가득한 큰 정원에 있었고 앞치마를 두른 여자들이 보리수 아래에서 수다를 떨었다. 커다란 나무들이 담장에 움직이는 그늘 자국을 냈다.

그는 잠들었다. 고개가 앞으로 수그러졌다가 불쑥 젖혀졌다. 누가 노크를 한 것일까? 그는 일어서서 문을 열었다가, 아이고, 이 사람들을 깜박 잊었네, 아이고! 그리고 그는 "들어와요, 아니요, 괜찮아요, 기다리던 참이었습니다"라고 했다. 두 남자가 양탄자 위에 장비와 둘둘 만 전선과 조명 기구를 내려놓았다. 샤를은 연신 "들어오세요. 들어와요"라고 말했다. 그는 돌아서서 방 안 끝까지 갔다가 되돌아왔다. 가만히 있어야 해, 그렇게 안절부절못하면 안 돼, 망령 든 줄 생각할 거야, 하고 생각했다. 가장 젊은 남자가 "여기에 설치해도 될까요?"라고 물었다. 샤를 틱시에는 소파에 앉아 그를 돌아보았다가 뒤뚱거렸지만 활기차게 벌떡 일어섰는데 얼굴이 아주 상기된 느낌이 들었다. 이 순간 그는 어떤 모습으로 보였을까? 험상궂은 모습. 그렇다, 그 외에 다른 표현은 없다. 그는 마음을 가다듬고 미소를 지으며 어머니가 늑대 머리, 미친놈 머리라고 했던 그 머리카락을 뒤로 넘겼다. 그는 두 번째로 미소를 지으며, 자, 해보자, 좀 더 힘을 내자, 하고 생각했다. "지난번에 왔을 때 매력적인 여자도 한 분 함께 오셨는데"라고 말을 건넸다. 젊은 남자는 "그분은 우리 팀이 아닙니다. 아마 마르틴을 두고 말씀하시는 것 같네요?"라고 말했다. "모르겠어요. 아무튼 매력적이었지요. 아주 매력적인 여자 분이었지요." 젊은 남자는 케이스에 들어 있는 첼로 쪽으로 다가갔다. "꺼내서 바깥바람을 쐬게 할까요?"라고 젊은 남자가 말했고 샤를 틱시에는 승낙했다. 전선의 무게에 눌려 전등이 흔들거렸다. 소파에 앉은 채 눈을 치켜뜨고 그는 전등을 쳐다보았다. 저게 전쟁 직후부터 저기 달려 있었지, 그래, 얼른 떨어져라, 너도 나와 같은 마음

생일

이지, 그저 신호만 기다리는 거겠지, 이런 모든 것이 얼마나 늙고 낡고 지쳤는가! 그는 목깃과 피부 사이로 손을 넣으며 숨이 막히네, 왜 이리 시간이 안 가지, 하고 생각했다. 그리고 웃으며 "나는 준비되었습니다. 여러분"이라고 했다.

엘리즈가 들어왔다. B 부인은 그녀 어깨 너머로 까치 발로 서서 바라보았다. "자, 시작!"이라는 말과 함께 강렬한 조명이 방 안을 밝히고 카메라가 그의 쪽으로 돌아가면서 커다란 렌즈가 고정되었고 그는 자세를 바로잡으려고 애썼다. 도대체 이 쓸데없는 장비들이 어디에 쓰이는 걸까? 누구인가 그의 뒤에 커튼 자락을 내렸고 또 다른 조명이 켜지자 그는 눈이 부셔서 웃으며 말했다. "당신네들이 보이지 않아요!" 젊은 남자가 그의 앞에 앉아 접힌 종이를 호주머니에서 꺼내며 말했다. "나는 선생님이 잘 보입니다. 자, 그럼 시작할까요?"

저들이 작은 탁자를 깨버리는 줄 알았네. 엘리즈는 복도로 나오며 생각했다. 카메라가 돌아가는 소리가 들렸고, 단조롭고 답답한 샤를의 목소리까지 그녀에게 들렸다. 그녀는 자기 방에 들어가 작은 화장대 앞에 앉아 두 손으로 관자

놀이의 피부를 위로 끌어올리며 오랫동안 자기 얼굴을 들여다보았다. 얼굴이 지쳐 늘어졌네! 하고 그녀는 생각했다. 이토록 화창한 날에. 다시 초인종이 울렸다.

*

B 부인은 "그분들은 식당에 와 있습니다. 문을 열어드리고 커피도 대접했죠." 엘리즈는 고개를 끄덕거리고 첫 번째 방문객들을 안내했다. 샤를 틱시에는 방 안에 있었고, 그가 연주를 하지 않은 것이 잘한 일이라고 그녀는 생각했다. 그게 무슨 소용 있단 말인가? 그리고 그 쓸모없는 질문들! 그가 말하고 싶었던 것, 그러나 결코 말할 수 없었던 것은 아녜스에 대한 이야기인데 지금 엘리즈가 고생하는 것이 무슨 도움이 될 것인가? 그는 1952년, 혹은 1953년 네덜란드 순회공연, 그리고 지금은 지명도 기억나지 않지만 운하 위로 묘한 도개교가 있던 작은 도시에서 보낸 이틀간의 저녁 시간이 떠올랐다. 그다음 날 저녁 북부역驛에서 그녀는 얼마나 창백했던가! 사진작가 한 명이 샤를의 방문을 열고 고개를

내밀었다. "들어가도 돼요?" 그러나 샤를은 복도로 나와 엘리즈와 함께 있었고 입속으로 무슨 말인가 중얼거렸다. "이 모든 것이 피곤하네. 커피 한 잔을 더 주게"라고 했다. 그녀는 "아침에 석 잔이면 너무 많아요. 당신도 알잖아요." 그들 위의 액자 속 여자 얼굴이 눈을 감고 있었다. 엘리즈는 오른손으로 샤를의 뺨을 어루만졌다. "너무 짜증 내지 마요. 얼굴이 빨개졌어요." 식당에서 도자기 그릇이 부딪치는 소리가 났고, 샤를은 미소를 지었다. "맞아. 차분하게 대처해야지." 그리고 그는 주방에 들어가 앉아 두 팔을 냅킨에 얹고 차가운 커피를 마셨다. '주님께 환호하라jubilate deo'라는 가사가 생각났는데 그다음은 기억나지 않았다. 환희의 사람, 그래, 사람들이 영광을 돌리는 사람은 바로 이 늙은이, 바로 나다, 그런데 루이는? 그는 어디 있을까? 왜 아직 오지 않는 걸까? 서재 문턱에 서서 샤를은 아무 말 없이 서가 위의 액자를 모아둔 선반에서 펼쳐진 악보와 함께 배치된 사진들을 바라보았다. "여자 사진은 저쪽으로 옮기고, 그렇지, 그렇게 해." 샤를은 그들을 등지고 긴 의자에 앉았다. 이렇게 커피를 마셨으니 오늘 밤에 자기는 글렀네, 그런데 티보는 올까?

딱히 오지 않을 이유도 없지, 그런데 내가 무슨 헛소리를 하는 거야, 그는 이 년 전에 죽었잖아! 나의 오래된 적이 죽었으니 나도 이미 꽤나 늙은 거지. 그의 눈길이 창가 쪽으로 돌아갔고 마른 나뭇가지들 사이로 참새가 돌아오길 기다렸다. 참새가 돌아온다면 그것은 좋은 징조일 거라고 그는 생각했다. 혹시 오지 않더라도, 별수 없지…… 오지 않더라도. 뒤에서 나지막한 소리가 들려 그는 화들짝 놀랐다. "꺼져버려! 이젠 그만 와." 사진작가 중 하나가 미소를 지었다. "나는 아무것도 깨지 않았어요. 그러지 마시고 여기 악기 앞에 와서 앉으시죠." 샤를 틱시에는 다시 "꺼져, 이젠 보기 싫단 말이야"라고 했다. 혼자 남은 그는 이마의 땀을 닦으며, 저들이 어디에서 이 사진을 찾았을까, 하고 생각했다. 물방울 문양의 스카프를 어깨에 두른 젊은 여자가 낮은 담장에 앉아 그를 쳐다보고 있었다. 그녀는 웃고 있었다. 사진을 서류철에 넣다가 샤를 틱시에는 가슴에 꽂은 장식 손수건으로 그것을 정성껏 닦아줘야만 한다는 느낌이 들었다. 그는 이를 갈며 "원숭이 같은 놈들, 건달들, 차라리 내가 죽기를 기다려야지." 그리고 자리에 앉아 손에 든 사진을 뒤집어보았다. '프랑크푸르트, 1933.' 이게 나라고? 콧수염이 천박하기 이를 데 없네, 하고 생각했다. 겉멋만 잔뜩 들었네! 그리고 동시에 그는 흡족해서 미소를 지었다.

그리고 온몸이 피곤해졌다. 그렇다고 잠들 수야 없지, 그리고 그 사람이 언제 올지도 모르는데? 그는 머리를 흔들고 욕실로 가서 약간의 오드콜로뉴를 손에 부어 관자놀이 부위에 발랐다. 그리고 침대에 길게 누워 눈을 감았다. 잠시후 엘리즈가 문을 열었다. "화환이 왔고, 루이의 전보도 왔어요." 그러나 그는 듣지 않았다. 그녀는 헤어스타일도 매만졌고, 허리까지 내려와 뾰족해지는 긴 목깃의 베이지색 크레이프 천의 드레스 차림이었다. 그녀는 목깃 끝부분을 손으로 쓸어내리며 방을 나오다가, 그래, 좀 더 자야지, 오늘 하루가 길어질 테니까, 하고 생각했다.

**

그는 잠을 자고 있었다. 눈에서 반사된 차가운 빛이 그를 감쌌다. 무엇인가 밝고 차분한 것이 그의 가슴속에 자리

잡았다. 그 안에서 그는 편안하게 쉬고 있다. 갑자기 눈을 뜨고, 또 잠들었네, 하고 생각했다. 거의 정오가 되었네, 아니네, 고작 열한 시네. 그는 다시 신선한 풀로 뒤덮인 광장과 사월의 태양 아래 꼭대기에 꽃을 두른 높은 담장 사이로 작은 오솔길을 보았다. 보고 싶으면 눈만 감으면 되니까 이 모든 것이 존재하는 것이다. 그러나 그곳의 열쇠는 나만 갖고 있다. 그것을 생각하지 않으면 모든 게 휘발되고 또다시 죽게 된다. 이 모든 게 존재한다. 그런데 그곳이 어디일까?

엘리즈가 들어왔다. 크레이프 드레스 차림의 그녀는 침대 곁에 꼿꼿하게 섰다. "아름답소이다. 과부처럼 아름답네"라고 그가 말했다. "제발 좀 일어나요"라고 그녀가 말했다. 일어나자 그는 한기를 느꼈다. "춥네. 셔츠 속에 뭔가 더 따뜻한 걸 껴입어야겠어. 뚱뚱해 보여도 할 수 없지." 그녀는 그가 옷을 벗는 것을 도와주었고 셔츠의 손목 부분이 잘 빠지지 않았다. 그는 그녀를 바라보며 생각했다. "그리고 이 위로받지 못한 늙은 마음, 짜증이 나고……." 아니다. "그리고 위로받지 못한 늙은 마음, 여전히 희망을 갖고, 기다리니……." 맞아, 바로 이거야. "정말 춥네, 다시 잠들지 말았어야 했는데, 그 망할 놈의 약 탓이야. 한 알을 통째로 먹었으니 과용한 거지." 그는 윗도리를 벗은 채 몸을 부르르 떨었고 그녀는 손을 들어 그의 허리춤을 부드럽게 쓰다듬었다. "내 손이 차가워요"라고 그녀가 말했다. 그는 "아니야, 따뜻해. 계속해"라고 했다. 그러다가 그는 그녀 손을 잡고 입가로 가져가 손바닥에 부드럽게 키스를 했다. 그들은 한동안 움직이지 않았다. 그는 미소를 지었다. "그리고 그 위로받지 못한 늙은 마음은 여전히 희망을 갖고 기다리니"라고 했다. 엘리즈는 "무슨 말을 하는 거예요? 이제 얼른 옷을 입으세요"라고 했다. 그는 잠깐 그녀 어깨에 머리를 기대었다. "나 때문에 옷이 구겨지겠네." 첫 번째 초인종이 울리자 그는 복도에 나가 있었다. 제대로 걷지도 못하고 비척거리고 있으니 무슨 구경거리인가, 이 미친 늙은이야 천천히 걸어야지, 뭐가 그리 급해서 바쁠 것도 없잖아? 양탄자와 오래된 책 냄새가 풍기는 어둡고 따뜻한 현관에서 그들은 악수를 했다. "조금 일찍 왔습니다. 음악원에서 정오에 만나기로 했지요"라고 젊은 남자가 말했다. 마음 편한 쪽으로 하시지, 하고 샤를은 생각했다. 이토록 젊은 몸이라면 어찌 편하지 않을 수 있을까, 나는 저 나이에 어떠했을지 기억나지 않네, 마음대로 굽혀지고 반응하는 저 모든 것, 불평하지 않는 저 몸, 그리고 당신 피부 아래에서 흐르는 따뜻하고 싱싱한 피! 샤를 틱시에는 "나를 따라오시오. 잠깐 내 집에서 잡담이나 합시다"라고 했다. 내 뒤를 따라오란 말이야, 나의 늙은 등, 나의 늙은 목덜미, 내가 부끄러워하는 몸을 보란 말이야, 하고 생각했다. 그가 돌아서자 젊은 남자는 눈을 감은 여자의 얼굴, 액자 속에 든 판화 앞에서 멈춰 섰다. "참 아름답군요"라고 그가 말했다. 샤를 틱시에는 그에게 미소를 지었다. "뒤포에게서 내게 남은 모든 것이요, 음악원의 내 교수였고 나를 엄하게 가르쳐준 사람이요. 그렇소, 나는 그의 마지막 제자 중 하나였지요. 그는 1873년부터 그 일을 시작했으니 당신에게는 아찔한 세월이겠지요. 자, 내 방으로 들어오시지요." 젊은 남자는 낡은 융단 속의 비좁은 침대, 커튼, 센강과 거룻배가 내다보이는 책상 등 주변을 둘러보았다. "여기서 작업하십니까?"라고 그가 물었다. "오, 작업이란 단어는 좀 거창하고! 우리의 공통된 비참함을 숨기려고 (그는 첼로 케이스를 가리켰다) 둘이 여기에 틀어박혀 사는 거지요." 젊은이는 "오늘 하루 선생과 함께 지내게 된 것이 제게는 커다란 영광입니다"라고 말했다. 샤를 틱시에는 "차라리 고역이라고 해두시죠"라고 대답했다. 그러나 그의 눈은 웃고 있었다. "아, 내 안경, 그놈의 안경이 없으면 장님이니." 그런데 왜 이런 어투로 말해야 하나, 이리저리 허둥거리고 늙은 개처럼 안절부절 부산을 떨고 있으니 조금 차분해지자! 그 불쌍한 토비처럼 말이야. 샤를, 네가 그놈이 나오는 꿈을 꾼 게 그다지 놀랄 일도 아니지, 개라면 질색했던 네가 말이야. "자, 이제 시작하시죠"라고 젊은 남자가 말했다.

검은 승용차에 탄 그들 셋은 엘리즈를 가운데에 앉히고 뒷자리에 앉아 있었다. 샤를 틱시에는 "내 말 좀 들어봐요, 올리비에, 내가 올리비에라고 불러도 괜찮죠? 나를 좀 도와주세요. 내가 코를 박고 졸면 망설이지 말고 팔꿈치로 옆구리를 찌르세요. 오늘 계속 꾸벅꾸벅 조는 경향이 있어요. 약을 너무 많이 먹었거든요." 그는 말을 이어가지 않았다. A가 그랬었다. 지난번 텔레비전에서 그를 보았지, 그는 완전히 정신이 나갔고 당연히 피아노는 더 이상 연주할 수 없었지, 그 순간부터 그의 연주 인생은 끝난 거지. 1932년 우리는 함께 런던으로 공연을 갔었지. 그는 잠깐 생각에 잠겼다. 아니야, 전쟁이 끝난 후였어, 내가 착각했네, 오늘처럼 눈이 내렸었지, 기억이 뒤죽박죽 섞여버렸네. 목소리가 들려 그는 다시 정신을 되찾았다. "애들은 몇 살인가요?" 하고 올리비에가 말했다. "열한 살, 열세 살이죠. 그런데 지금 제네바에 살고 있어서 그리 자주 보진 못해요"라고 엘리즈가 대답했다. 샤를은 팔을 빼서 엘리즈와 팔짱을 끼며 작고 조금 부풀어 오른 그녀 손가락에 깍지를 끼고 장갑을 낀 그녀의 손을 쓰다듬었다. "그래서 나 하나만으로는 부족하다는 말이야?"라고 말했다.

밝은 빛줄기가 하늘에 퍼졌다. 드디어 해가 조금 비치는군, 하고 그는 생각했다. 나무들이 대로변에 서 있었다. 그 잎은 까맣고 연약했으며 실에 매달린 듯 투명했다. 나와 똑같은 신세군, 바람 한번 불면 휙 날아가겠지. 그는 옷 위로 호주머니 이쪽저쪽을 더듬거렸다. "걱정 마세요. 제가 모두 알아서 할게요"라고 올리비에가 말했다. 샤를 틱시에는 "천만에요. 아무 걱정 하지 않아요"라고 했다. 자동차가 루와얄 거리를 거슬러 올라가 마들렌 성당을 돌았을 때 그는 "찾았

생일

다!"라며 의기양양하게 안경을 손에 들고 흔들었다. 커다란 성당 앞에서 허름한 가건물의 꽃집들이 궂은 날씨에도 불구하고 문을 열었다. 커다란 금빛 꽃다발이 흔들거렸다. 장례용 화환이군, 자, 다시 잠이 오기 시작하네, 하고 그는 생각했다. 가느다랗게 뜬 눈 사이로 흔들거리는 커다란 나뭇가지, 앞치마를 두르고 하얀 건물 앞에서 말하고 있는 여자들이 보였다.

**

곰곰이 생각에 잠겨 하늘을 바라보던 샤를 틱시에는 이번에는 정말 확실히 눈이 내리겠다, 하고 생각했다. 그러나 조금 전의 연설 도중에는 해가 빠끔하게 얼굴을 내밀었다. 그는 음악원 앞에 세워둔 검은 승용차 곁에 버티고 서 있었다. 도대체 저들은 뭘 하고 있는 거야? 끝날 줄 모르는 그 장광설을 들었을 텐데 그것만으로도 부족한 걸까? "엘리즈!" 하지만 그녀 귀에는 들리기조차 하지 않았다. 그는 열린 차문에 기대어 섰다. 자, 마침내 저 강의실은 나의 이름과 성을 딴 강의실이 될 것이다. 바스 거리에서 작은 자동차와 개만 갖고 목재 장사를 하던 할아버지의 성과 이름이다. 불만으로 붉어진 얼굴로 그는 자동차 뒷좌석에 앉아 "도대체 뭘 하고 있었던 거요? 나는 배가 고프단 말이요!"라고 했다. 어린 아이 하나가 목깃을 올린 채 다가왔다. 저놈은 일찌감치 눈에 띄었지, 내 흉상의 제막식에서 한 녀석이 천에 휘말렸을 때 저놈만 웃지 않았어, 나의 흉상이라니! 콧수염이 난 그 커다란 머리가 나라고? 내가 눈 밑이 저렇게 늘어졌다고? 샤를 틱시에는 차 창문 밖으로 머리를 내밀었고 어린아이가 그에게 포장지에 싸인 레코드를 건넸다. 그는 미소를 지었다. "자네 펜이 조금 번지는군. 사인이 조금 비뚤어졌어. 에잇, 어쩔 수 없지. 그렇잖아?" "오! 괜찮습니다. 아주…… 훌륭합니다. 참으로 감사합니다." 그에게 레코드를 돌려주며 그는 꽤나 감동했다는 생각이 들었다. "자, 나도 고맙네."

승용차는 콩코르드 광장에 이르렀다. 샤를은 "첫 영성체를 하는 기분이네. 넥타이가 너무 목을 조르고, 머리에 기름을 바르고, 멍청한 미소를 짓고, 나를 바라보는 감격에 찬 눈빛, 내가 그렇게 작아진 것처럼 보였나? 내가 두 발로 서 있는 걸 보고 놀란 표정들이었어"라고 했다. 올리비에는 "천만에요. 선생님을 다시 보게 되어 모두 기뻐했습니다. 그게 전부죠. 흉상의 경우 저는 정부를 통해 최선을 다해……." "그만하게. 오히려 나는 안심이 되네. 나도 언제인가 어지럼증도 생길 테고. 사람들은 믿지 않겠지만 그건 틀린 생각이야. 노인들은 자주 졸곤 한다네. 그리고 내가 완전히 정신이 나간다고 해도, 저 청동 흉상은 사각 좌대 위에 퇴화하지 않고 견고하게 있을 거란 생각을 하면 안심이 되네." 올리비에는 "제 부인은 레스토랑으로 올 겁니다"라고 했다. 샤를 틱시에는 미소를 지었다.

차에서 내리자 그의 시야가 뿌옇게 되었고 걸음걸이가 머뭇거렸다. 융단 의자에 앉자 그의 집중력이 되살아난 것 같았다. 그의 작은 잿빛 눈은 젊은 여자에게 고정되었고 그는 메뉴를 보지도 않고 내려놓았다. "당신과 같은 것을 택하겠소"라고 그는 말했다. "나는 아직 아무것도 고르지 않았어요!" "바로 그렇기 때문이요. 바로 그거란 말이요. 나는 당신의 선택을 전적으로 신뢰합니다." 냅킨을 조끼에 끼워넣고 몸을 숙여 두 팔을 넓게 벌려 식탁에 올려놓았다. "당신도 와인은 마시지 않겠죠? 나도 그렇죠!" 모든 사람이 웃었다. 그는 올리비에 쪽으로 고개를 돌렸다. "자, 오늘 오후엔 무슨 일이 남아 있는지 말해보게나." 그는 단숨에 피곤도 나이도 더 이상 느끼지 못했다. 의자에 깊숙이 앉은 그의 등도 아프지 않았다. "전쟁 전 베를린에도 이와 비슷한 곳에 있었지요. 당연히 훨씬 덜 좋았지만요. 사람들은 그 시대에 대한 환상을 많이 품고 있지요⋯⋯." 엘리즈가 차분하게 말을 끊었다. "당신은 질문을 던져놓고 이분의 답은 듣지도 않네요." 올리비에는 "올리비에라고 불러주세요. 우리는 세 시십오 분 전에 뷔트 쇼몽에 있는 스튜디오에 약속이 잡혀 있어요." "그게 무슨 약속이죠? 거기라면 공원이 있다는 것만 알고 있소." 젊은 여자는 몸을 뒤로 젖히며 대화를 들었다. 그녀 윗도리의 앞섶이 벌어지면서 펜던트가 흔들거리는 가느다란 금줄 목걸이가 걸린 갈색 목덜미의 아랫부분이 드러났다. 펜던트가 어떤 형상의 장식인지 보이지 않네, 그렇다고 안경을 꺼내 쓸 수도 없는 노릇이지만 참 예쁜 목덜미네! 하고 샤를 틱시에는 생각했다. 일 년 내내 선탠을 한 채로 지내는 요새 여자들의 모습은 참 아름답네. 그는 미소를 지었고 침묵 속에서도 그들 시선이 마주쳤다. 그리고 그는 올리비에를 바라보았다. "이 친구야, 그런 약속은 있건 없건 내겐 상관없네, 내게는 추호도 중요치 않아. 그러나 당신에게 즐거움을 선사하고, 당신의 매력적인 부인에게 그럴 수 있다면 (그는 몸을 숙여 젊은 여자의 손을 잡더니 그의 입술로 손을 슬쩍 스쳤다) 내게 하라는 것은 무엇이고 하겠소." 올리비에는 부인의 의자 팔걸이에 자기 손을 얹었다. "혹시 담배 가지고 있소? 내 담배를 잊고 가져오지 않았네."

샤를은 엘리즈 쪽으로 고개를 돌렸다. "커피를 한 잔 더 마셔도 되겠소?" 그녀가 걱정스러운 표정으로 승낙하며 아무 말 없이 그에게 작은 은제 담뱃갑을 내밀었다. "부인, 그런 눈으로 보지 마시오. 당신은 시들어가는 늙은이의 온갖 모습을 보게 될 테니. 빨간 포도주는 심장을 위한 것이고 노란 담배는 혈관을 위한 것이요. 내가 혼동했네. 아무튼 그건 중요치 않고. 오늘은 내 잔칫날이지. 둘 다 자제하겠소! 나의 할아버지는 푸와투 지방 생실뱅 데오네에서 나무 장사꾼이었죠. 물론 그게 뭔지 당신네들은 잘 모를게요. 그런데 말이요! 그는 아흔 살에 돌아가셨고 그가 딱 한 번 의사를 만난 것은 정확하게 죽기 여섯 시간 전이었단 말이요. 우리는 그다지 달라지지 않았지요. 당신들도 동의하겠지만!" 웃지도 않고 젊은 여자는 그의 손에서 작은 은제 상자를 빼앗아 그 아래에 새겨진 조각을 손가락으로 만져보았다.

**

그들은 다시 센강을 건너 강둑으로 접어들었다. 진흙탕 물이 둑 너머로 흘러 거의 창문까지 올라왔고, 아름다운 전면의 회색 집들과 잎을 떨군 나무들 사이로 흘렀다. 그는 잠깐 눈을 감았다. 어디였더라, 아마도 캐나다였지, 호숫가에서 불타는 듯 붉은 커다란 나무들이 있었던 곳이? 그는 엘리즈를 돌아보았다. 그녀는 딴생각에 잠긴 듯했다. 젊은 여자가 차창 유리에 이마를 대고 손바닥으로 유리에 서린 김을 지웠다. 학술원 건물이 마치 페인트를 새로 칠한 듯 잠깐 타원형 돔을 드러냈다. 젊은 여자는 샤를 틱시에를 바라보았다. "너무 좁게 끼어 앉아 계신 거 같아요?" "두 여자 사이에 앉아 있는 것을 끼어 있다고 표현하지는 않지요." 앞좌석에 앉은 올리비에가 그녀 쪽으로 몸을 돌리더니 그녀 손을 잡았다. 샤를, 네가 이렇듯 여자의 손을 잡아본 적이 언제였던가, 기억해봐라, 여자 손을 잡았던 것이 언제였나, 기억을 해봐라, 그러나 그게 무슨 소용 있을까?

자동차는 바스티유 광장을 가로질렀고 이제 로켓 거리로 접어들었다. 저 멀리에서 페르 라셰즈 묘지의 정문 꼭대기가 그들 길을 가로막고 있는 듯했다. 차갑게 벌거벗은 나뭇가지가 높다란 담장 너머로 튀어나왔다. 딱딱하게 굳어진 잔설이 반달형의 입구에 쌓여 있었고 검은 옷차림의 직원들이 분주히 움직였다. 샤를은 눈길을 돌렸고 엘리즈의 팔 밑으로 손을 밀어 넣었다. 장례 행렬, 막연하게 장례 행렬이란 단어를 떠올렸다. 이 두 사람은 나를 동반하는데 루이는 왜 오지 않은 걸까? 잠시 후 그들은 뷔트 쇼몽 공원으로 들어갔다. 투명하고 거의 푸른색을 띤 하늘은 점점 더 차가워 보였다. 다시 눈을 뜬 엘리즈가 "날씨가 참 아름답네요"라고 말했다. "귀찮은 일이네, 성가신 일이야. 차라리 당신과 공원을 산책이나 하는 게 훨씬 좋았을 텐데." 젊은 여자가 그에게 미소를 지었다. 그는 문득 피곤하고 공허하고 무용함을 느끼며 그녀의 팔에 기대었다.

"도대체 사람들은 내게 뭘 기대하는 거지?"라고 그는 큰 소리로 외쳤다. 그들은 작은 영사실에 앉았고 샤를 틱시에는 의자에 깊이 앉았다. "아무것도 없어요." 등짝이 통통하고 회색 머리카락의 작달막한 남자인 제작자가 말했다. "당신의 경력을 보여주는 작은 영화를 당신께 보여드리려는 것뿐입니다." 실내가 어두워지자 샤를은 눈을 감았다. 여름날 나무 밑에 누우면 햇살이 나뭇가지 사이로 춤을 추듯 작은 반점들이 눈앞에 어른거렸다. 어린아이들의 외침 소리, 물소리, 발자국 소리, 담장 너머로 누군가를 부르는 소리, 토비! 그리고 더운 오후의 안속에 빠진 듯 모든 것이 희미해졌다. 내가 어디에 있는 걸까? 그런데 저건 드보르자크 협주곡이고, 하느님 맙소사, 내가 연주하고 있네, 저 시절에 내가 건강이 넘치고 저토록 뚱뚱했었나? 누가 지휘를 했던가? 다시 조명이 켜지고 사람들은 그를 바라보았다. 그는 다정한 목소리로 "어디에서 이런 걸 찾으셨는지 모르겠소. (조금이라도 애써 흥미가 있는 표정을 짓도록 하자.) 게다가 나는 두세 번 그냥 지나칠 법한 실수도 한 것 같은데, 어디에 이런 자료가 있죠? 나조차 기억하지 못하는데." "그런 일을 하라고 우리 같은 사람이 있는 거죠"라고 제작자가 말했다. "당신의 기억은 바로 우리랍니다!" 틱시에는 아무 대꾸도 하지 않았다. 그 말이 맞네! 자, 나의 기억을 다 가져가버려. 다 가져가라고, 나는 빈손으로 떠날 테니, 내겐 아무것도 남지 않았으니 몽땅 가져가라고!

바로 옆에 있는 스튜디오에서 그는 토론의 초대 논객들을 소개받았지만 샤를 틱시에는 저들 이름조차 잊어버렸는데, 하고 생각했다. 상관없어. 저들에게 친구처럼 대하면 그만이지. 그는 상냥한 표정으로 미소 지었다. 그의 왼쪽에 있던 아주 젊은 남자가 몸을 뒤로 젖혔다. 그리고 "선생님의 첼로를 위한 연습곡 두 번째 버전부터 시작하겠습니다. 그게 당연한 순서지요"라고 했다. (틱시에는 생각했다. 당연한 순서라니, 자기가 뭘 안다고?) 하지만 그는 고개를 끄덕거렸다. 강렬한 조명 뒤로 엘리즈와 젊은 여자를 본 그는 그들에게 손짓하고 싶은 욕구를 어렵사리 억눌렀다. 그런데, 왜 그래야만 하나? 나는 토론하기도 싫고, 그게 무슨 소용 있는가? 그건 저들의 일이고 더 이상 나의 일은 아닌데. 맑은 목소리로 "그런데 샤를 틱시에는 이에 대해 어떻게 생각하고 있을까요?"라는 질문이 들렸다. 그는 다정한 목소리로 "아무 생각도 없습니다. 당신 말을 듣고 있지요"라고 대답했다. 그들은 지체 없이 말을 되받았다. "저분의 기법은 뒤포의 기교에 전혀 빚진 바가 없다는 점을 반론하는 바입니다!" 그는 자기 손을 내려다보며 미소를 지었다. 발꿈치를 들고 살금살금, 아주 슬그머니 여기에서 빠져나가야 하겠네, 아! 바깥 햇살은 얼마나 아름다운가, 그리고 쌀쌀한 큰길을 걸으며 젊은 여자의 진지한 옆모습을 보는 것은 얼마나 좋을까, 내 모습이 약간 망령 든 노인처럼 보였을 것이고, 저들은 절반을 편집해서 잘라낼 것이다, 저들에겐 난감한 노릇일 테지. 그런데 '신에게 환희를'이란 구절, 그리고 '달콤한 현악기를'도 떠올랐다. "뛰어라, 달콤한 사탕을"이라고 로제는 말하곤 했는데, 웃기는 아이였지, 지금은 죽지 않았다면 아마 나처럼 꾸벅꾸벅 조는 노인이 되었을 거야, 이제 이런 건 더 이상 생각하지 말자, 저들이 맘대로 떠들도록 내버려두고 아무 말도 하지 말아라, 하고 그는 생각했다. 저들은 저들의 일을 하는 것이고 이것은 그저 얼른 지나갈 힘든 순간에 불과하다.

　조명이 꺼지고 카메라가 뒤로 물러났다. "이제 자유를 돌려드리겠습니다." 회색 머리의 뚱뚱보가 말했다. 모두가 일어나 그를 둘러싸고 섰다. "여기 조금 더 있겠습니다. 조금 쉬어야겠어요." 올리비에는 그들 사이에 끼어들어 "그런데 갈 길이 멀어요, 이리 오세요. 제가 데려다드리죠. 참 잘하셨어요. 제작실에서 보았는데 클로즈업된 멋진 장면도 보았지요. 특히 뚱뚱한 F가 선생님의 스타일에 대해 말했을 때……" 몽롱한 표정을 지으며 샤를은 "아, 제작실, 멋진 클로즈업, 솔직히 말하면 나는 반쯤 잠들어 있었네. 너무 더웠어. 일사병에 걸린 건 아닐까? 뺨이 부풀어 오른 느낌이 드는군." 무대 끝에서는 〈다섯 시의 게임〉이란 프로그램을 위한 무대장치가 대기 중이었다. 올리비에는 그를 그곳으로 데리고 갔고 그는 소파에 깊숙이 앉았다. "물 한 잔을 가져다드리죠"라며 올리비에는 엘리즈에게 슬쩍 안심하라는 손짓을 하며 멀어져갔다. 그동안 샤를은 턱을 가슴에 파묻고 커다란 자작나무 둥치, 그에게 팔을 늘어뜨리고 있는 종이 곰과 같은 무대장치 아래에서 잠들었다. 올리비에가 돌아왔을 때

소파 너머로 닭벼슬처럼 그의 하얀 머리카락만 보였다.

✳

공원의 나무들 너머 하늘은 붉었고 석양이 깔렸다. 샤를은 다시 젊은 여자의 팔을 붙잡았다. "잠깐 걸읍시다. 시간이 많이 남아요. 오늘 저녁 뭔가 연주할 수 있을지 전혀 모르겠네. 당신이 그 자리에 있어준다면야……." "그런데 제가 거기에 없을 거예요." "사랑스러운 남편은?" 그녀는 고개를 끄덕거렸다. 그는 계속 걸었고 약간 뒤에서 올리비에와 엘리즈가 따라왔다. 차가운 바람으로 비탈길 가에 작은 흙덩이가 파삭거리는 뭉치로 굳어져 있었고 젊은 여자는 발로 그것을 짓눌렀다. 샤를은 "그러지 마세요, 발이 젖을 텐데"라고 했다. 올리비에가 엘리즈에게 가까이 몸을 숙였다. 그녀는 "멋진 하루였어요. 걱정이 많았어요. 그런데 얼마 전부터 저 양반이 괜찮아졌네요. 공개적으로 연주를 하지 않겠다는 결정을 고심 끝에 내리고, 저분은 몇 달간 집 안에만 있었지요. 이제는 나아졌지요. 우리는 편안하게 지냅니다. 그는 독서도 많이 하고 우리는 산책도 하고 그가 다시 연주를 하기 시작했지요. 그리고 매년 몇 주간 동안 제네바 호수 변의 아들 집에서 지냅니다." 그녀는 잠시 침묵했다. 그리고 "하지만 오늘 저녁 무엇인가를 연주하는 게 과연 현명한 결정이었는지 모르겠어요." 뒤에서 보이는 샤를 틱시에의 몸은 듬직하고 느릿느릿했다. 그는 젊은 여자의 팔을 놓았다. 엘리즈가 뒤를 따라갔다. "집에 있는 쪽이 낫겠어요. 당신이 저분을 모셔다드리세요." 올리비에는 아무 말도 하지 않았다. 샤를은 젊은 여자에게 미소를 지었다. "그냥 느리게 걸었을 뿐이요. 당신의 예쁜 발이 얼어붙을 것 같아 내가 당신을 안고 가야 했을 텐데!" 그녀는 웃었다. "자, 차로 돌아갑시다. 당신이 감기 걸리겠네요."

*

이제 완전히 깜깜해졌다. 자동차는 붐비는 길들을 따라 천천히 파리 중심부로 내려갔다. 사거리에서 어린아이들이 차를 세우고 이해할 수 없는 언어가 굵은 글자로 인쇄된 커다란 종이를 내밀었다. "쟤들이 뭘 원하는 거지?" 하고 샤를이 말했다. 서녘 하늘을 붉은 구름 띠가 가로지르고 있었다. 그들은 다시 출발했고 첫물 과일 가게와 환하게 불이 켜진 정육점을 지나쳐 갔다. 샤를의 머리가 조금 수그러졌고, 그는 조금 쉬어야겠네, 하고 생각했다. 마음이 편해졌어. 고요한 물과 잔물결의 강 등 부정확한 심상이 그를 덮쳐왔다. 아래로부터 빛을 받는 나뭇잎들. 그의 고개가 수그러들었고 그들은 과일 가게 가판대 바로 옆에 멈췄으며 한 여자가 그의 쪽으로 다가와 차창을 두드렸다. 자, 꼬마야, 이거 맛봐라, 하고 말했다. 오렌지 향기 때문에 그는 잠에서 깨었다. 그런데 아니다, 그는 꿈을 꾼 것이고 오렌지 따위는 없었고 차는 쉬망베르 거리를 빠르게 내려갔다. 젊은 여자는 아무 말도 없었고 그는 묵묵히 그녀를 바라보았다. '위로받지 못한 가련한 마음'이라고 그는 생각했다. 희망을 가져라, 기다려라! 기다릴 수만 있다면. 아직 용기가 있다면.

생일

　　　　　　　　　　　**

　　저녁 식사가 끝날 무렵, 샤를의 손짓에 따라 올리비에와 그는 회랑으로 나왔다. 올리비에는 정장 차림이고 피곤이 가득한 얼굴로 머리카락을 넘겼다. "정말 괜찮으신 겁니까?"라고 그가 말했다. 샤를은 차분하게 "그렇고말고. 그러니 담배나 주게나"라고 했다. 달빛이 정원의 오솔길을 밝혔다. 우리가 어디에 있는 걸까, 하고 그는 생각했다. 아이고 내가 멍청하네, 장관 공관이잖아! 그는 담배를 라이터 쪽으로 내밀었고 흔들리는 불빛으로 인해 얼굴에서 그의 노란 콧수염 위로 그의 붉은 광대뼈가 도드라졌다. "엘리즈는 어디 있지?"라고 그가 말했다. 아, 그렇지! 그들은 몇 발자국 걸었다. 샤를은 "손만 이렇게 시리지 않아도 훨씬 좋겠네"라고 했다. "허락하신다면 제가 도와드리죠"라며 올리비에는 샤를의 손을 잡아 자기 손으로 비볐다. 엘리즈, 우리는 한때 그토록 행복했었는데, 하고 그는 생각했다. 그는 걸음을 멈추고 생각에 잠겼다. 정말일까? 그렇다면 아녜스는? 오 년, 깊은 밤 그들의 작별, 내일 보자, 아니면 전화할게, 왜 그래? 화난 거야? 아니, 내일 봐, 그러면 키스해줘. 이것보단 나았었다. 그리고 그가 들어갔을 때 보았던 엘리즈의 굳은 얼굴. 그는 손가락에 입김을 불었다. "이제 완전히 따스해졌으니 저들을 보러 가세나." 그는 붉어지는 하늘 쪽으로 고개를 들었다. 커다란 나무에서 물방울이 떨어졌다. "눈이 녹는군"이라고 그는 생각했다. "들어가시지요. 저는 회랑에서 듣겠습니다"라고 올리비에가 말했다. 혼자 남은 올리비에는 높은 창문을 통해 환한 살롱, 작은 금빛 의자에 나란히 앉은 뒷모습이 보였고, 무대를 향해 걸어가는 구부정한 샤를 모습이 보였다가 유리의 무늬 속에서 사라졌다. 올리비에는 다시 새 담배에 불을 붙였고, 대로에서 자동차가 지나갈 때마다 그의 발치에서 커다란 빛의 모양새가 지나가며 비틀어졌다가 사라졌다. 갑자기 세 번째 곡 도입부가 들리다가 음계가 내려가는 것을 확인했고, 다 괜찮은데 왜 이리 불안해할까, 하고 생각했다. 달이 구름 뒤로 숨었다. 공원에서 약간의 바람이 붉은 하늘을 배경으로 선 나뭇가지를 흔들었다. 올리비에는 회랑을 이리저리 걸어 다녔다. 공연장보다 음악의 흐름을 더 잘 따라가는 느낌이 들었다. 그는 편안하게 기다렸다.

생일

그래, 다 잘되고 있는 거야.

음악이 멈췄다가 다시 시작되지 않는 때에 그는 회랑 끝에 있었다. 그는 몸이 굳어버렸다. 유리문이 열리며 누군가 말했다. "빨리, 이리 와보세요!" 문이 다시 닫혔고 그는 안으로 뛰어 들어갔다. 정장한 남자들과 등이 드러난 옷차림의 여자 등 무대를 둘러싸고 수많은 사람이 모여 있었다. "비키세요. 창문을 여세요. 별일 아닙니다"라는 소리가 들렸다. 올리비에가 가까이 가자 샤를은 얼굴이 빨개진 채 몸을 조금 웅크리고 앉아 있었다. "의사가 오고 있습니다"라고 누군가 말했다. 올리비에를 보더니 샤를 틱시에는 고개를 들고 미안하다는 몸짓을 해 보였다. "이제는 괜찮아. 의사는 필요 없네. 바깥에서 조금 걸어야겠어." 그는 일어나 올리비에의 팔에 기대었다. 복도에서 그는 올리비에를 보며 "하지 말았어야 했는데. 엘리즈가 없었던 게 천만다행이었어. 그녀에게 말하지 말게나, 불안하게 하면 안 돼." "네"라고 올리비에가 말했다. 잠깐 침묵을 지키다가 그들은 겨우 몇 미터 정도를 걸었다. 샤를은 "앉고 싶네"라고 말했는데 그의 음성이 완전히 달라졌다. "정말 그래야겠어." 올리비에는 의자,

상자, 그리고 접이식 침대가 있는 창고 문을 열었다. "적당하군. 나를 좀 거들어주게"라고 샤를이 말했다. 올리비에가 그를 부축했고 그는 몸을 뉘었다. "도움을 청하러 가야겠어요." "아니네, 여기 있게나. 금세 나아질 거야." 바깥에서 어둠 속으로 새어 들어오는 불빛 속에서 그의 손은 올리비에의 손을 찾더니 꼭 쥐었다. 그는 "조금 더 있어주게나"라고 했다. 그의 호흡이 가빠지며 불규칙하게 변했다. 그는 '위로받지 못한 가련한 마음'이란 문장을 생각했다. 그리고 감긴 눈꺼풀의 어둠 속에서 그는 햇빛 찬란한 커다란 정원, 그리고 보리수 아래에서 앞치마 차림으로 수다를 떠는 여자들을 보았다.

셋 모두 한꺼번에 일어났다. 부엌문에 달린 창으로 정원의 잔잔한 햇살, 거리의 소음, 새들의 지저귀는 소리가 들어왔다. 두 여자는 희미하게 숨을 쉬는 검고 하얀 털 뭉치가 담긴 고리 바구니에서 눈을 떼지 못한 채 뒤로 물러났다. 남자는 그의 도구를 왕진 가방에 챙겨 넣고 고개를 가로저었다. 작은 암캐는 움직이지 않았다. 툭 튀어나온 눈 안에서 부풀어 오른 눈동자가 부유하고 있었고 탁한 신음 소리가 실내를 가득 채웠다. "더 이상 아무것도 할 게 없습니다. 주사를 놔도 반응이 없어요. 어쩌겠어요. 세월을 이길 수 없지요." 주방에서 그는 들어올 때 긴 의자에 던져두었던 외투를 입고 마시다 만 커피를 마저 마신 후 받은 지폐를 지갑에 넣었다. 그가 나가며 문을 닫자 바깥 소음이 뚝 끊겼다. 뤼시는 다시 부엌으로 돌아와 커피 잔 두 개를 씻었다. 두 손을 허리춤에 문질러 말리며 그녀는 어머니 쪽을 돌아보았다. 냉장고 앞에 앉은 어머니는 수의사가 손을 닦은 행주를 무릎 위

영원히 명랑한

에 놓고 주름에 맞춰 접고 있었다. "엄마, 이리 줘요"라고 뤼시가 말했다. 그녀는 대답 없이 그저 천천히 고개를 끄덕거리며 고리 바구니와 숨을 헐떡거리는 짐승의 배에서 시선을 떼지 않았다.

다음 날 아침 평소처럼 이른 시간에 내려가자 정원 바닥에 가벼운 안개가 맴돌고 있었다. 뤼시는 덧창을 열었고 불타는 여름날이 지난 후 처음으로 가을의 눅눅한 습기가 안으로 들어왔다. 배나무 아래에는 벌써 몇몇 잎이 떨어져 있었다. 몸을 뒤집고 머리가 젖혀진 작은 개는 아직도 숨을 쉬고 있었지만 그마저도 눈에 띄게 벅찬 모습이었다. 그의 눈은 감겨 있었다. 뤼시는 어설피 한 손으로 커피를 스푼으로 젓고 있는 어머니에게 버터를 바른 빵 조각을 내밀었다. "저런"이라고 어머니가 말했다. 그녀는 다른 손 검지로 그녀 앞에 펼쳐진 신문 한쪽을 짚었다. "봐라, 들라노에 씨가 아흔일곱 살이었네. 이거야말로 대단한 거야." 뤼시는 아무 대꾸도 하지 않았고 그들의 눈은 거친 숨소리가 나는 바구니 쪽으로 모아졌다. "아무것도 먹지 않는구나"라고 그의 어머니가 말했다. 그들의 눈길은 다시 신문으로 돌아갔고 마치 논란 중인 명백한 진실을 수긍하고 모든 저항의 의욕을 상실한 듯 기사를 감싼 검은 테두리를 눈여겨보았다. 그녀들 앞에서 김이 피어오르는 커피 잔은 천장 쪽으로 흐릿한 빛을 냈다. 그들은 더 이상 아무 말도 나누지 않았다. 매일 아침 정원을 한 바퀴 둘러본 후 뭔가에 쫓기듯 서둘러 집 안일에 매달렸던 그들이 그저 시간만 흘려보내고 있었다. 오늘 아침 그들은 힘이 빠진 느낌이었다. 밖에서는 요란한 오토바이 행렬이 도심과 직장을 향해 달려가고 있었다. 뤼시 뒤에 탁한 물과 양파 냄새를 풍기는 싱크대 속에 더러운 접시가 쌓여 있었다. 위층의 침대도 아직 정리되지 않았다. 그게 뭐가 중요하겠어, 어쨌거나 모두가 죽어야만 하는데?

그들 발치의 조그만 헝겊 뭉치 속에서 죽음이 마치 마지못해 다가오는 저승사자처럼 천천히, 고통스럽게 다가와 자리 잡았다. 이 출구 없는 행로에서 악착같이 매달리고 있는 작은 짐승을 보다가 그들은 역한 냄새와 움푹 파인 가슴팍이 오르내리는 모습을 피하려고 시선을 딴 데로 돌렸다. 그들은 이 버려진 살덩이와 자신들은 다른 존재이며 강아지가 겪는 중인 것으로부터 보호되는 무엇인가를 지니고 있다

영원히 명랑한

고 믿으려고 갖은 애를 썼다. 그러나 인간적 모습은 모두 벗어버리고 뼈와 털로 환원된 육체가 보여주는 날것의 단말마는 그들 주위에 집요하게 하나의 진실을 떠돌게 만들었다. 죽음은 항상 숨결과 땀과 불필요하게 연장된 고통의 문제라는 진실.

＊＊

뤼시는 그들의 그릇과 기름지고 끈적거리는 우유 찌꺼기가 붙은 커피 잔을 찬장에 넣고 잠깐 샤워기 아래에 섰다. 그녀의 어머니는 따라오지 않았다. 그녀는 꽃무늬 나일론 실내복 차림으로 그녀 눈앞에 펼쳐진 신문에 시선을 고정시킨 채 생각에 잠겨 있었다. 그녀의 헝클어진 백발이 어깨 위에서 흐느적거렸다. 위층에 올라간 뤼시는 정신을 놓고 손에 빨랫감을 든 채 이 방 저 방을 돌아다니며 어디부터 청소를 할지 결정하지 못했다. 문을 열 때마다 주인 없는 빈방이 그녀를 기다렸다. 자명종의 초침 소리만 들리는 적막감뿐이었다. 아들의 결혼 이후 아무도 들지 않았던 그의 방에서 그녀는 빛바랜 장의자에 앉았다. 그녀는 처음으로 햇빛에 바랜 포스터와 신문에서 잘라낸 기사들을 자세히 관찰했다. 무슨 이유로 이 모든 것을 그녀는 간직했을까? 이 낡은 운동화, 너무 작은 운동복, 호수가 빠진 잡지들, 권투 선수, 자전거 선수, 붉고 푸른 조명 아래 기타를 비스듬히 든 곱슬머리의 가수 등. 낭트에서 전기기술자로 자리 잡고 봄에 결혼한 이 장성한 아들은 마치 가출한 청소년처럼 보잘것없는 흔적만 남겼다. 그녀는 마치 요절한 청년의 버려진 영역에 무단 침입한 느낌이 들었다.

그녀는 아래층으로 내려갔고 계단 중간 창을 통해 밤잠으로 흐트러진 머리카락을 바람에 휘날리며 잔걸음으로 정원을 걷고 있는 어머니를 보았다. "들어와요, 엄마, 그렇게 있다가 감기 걸려요"라고 그녀가 외쳤다. 어머니는 들은 척도 하지 않았다. 그녀는 나무에 몸을 숙인 채 썩은 야생 딸기를 조심스레 따고 있었다. 뤼시는 그만 포기하고 말았다. 그녀는 어머니의 말 없는 저항에 익숙해졌다. 그녀는 행주를 찬찬히 들여다본 후 설거지를 시작했다. 그녀의 손가락이 기름진 물속에서 유연하게 돌아갔다. 거추장스러운 머리카

영원히 명랑한

락을 팔꿈치로 걷어 올리다가 설거지 물소리가 멈추자 다시 강아지의 거친 숨소리가 들렸다. 그녀는 바구니를 발로 밀어 햇살이 닿는 데로 옮겼다. 바구니가 있던 타일에는 축축한 얼룩이 남아서 그녀는 차분하게 대걸레로 밀어버리고 물이 뚝뚝 떨어지며 김이 피어오르는 그릇들을 닦기 시작했다. 열 시쯤 어머니가 들어와 아무 말 없이 장작처럼 잘 잘리고 작은 다발로 뭉쳐진 파란 강낭콩을 까기 시작했다. 더위가 다가왔고 가을은 아직 멀었다.

*

뤼시가 과부가 되어 아버지의 반대를 무릅쓰고 경제적 어려움 때문에 친정으로 돌아왔을 때 그의 아들 미셸은 채 다섯 살도 되지 않았다. 그 시절 그녀는 매일 열한 시 무렵 여름에는 자전거로, 겨울에는 버스를 타고 투레트 마을로 가서 학급 배식 업무를 도와주었다. 세 차례 백오십 명분의 식사를 단지 두 여자가 배식했다. 그녀는 식기를 닦고 타일 바닥과 식탁을 닦고 다섯 시에 미셸과 함께 등이 휘고 다

리가 부은 채 집으로 돌아왔다. 서로 잘 통했지만 두 여자
는 거의 이야기를 하지 않았고, 한 여자는 남편에게 헌신하
고(정원에서 진흙 범벅이 된 발로 집 안에 들어오며, 강제로
라도 담배를 끄고 자야만 하는 열 시에 텔레비전을 단호하
게 꺼버리자 차갑고 악취 나는 파이프 담배를 피우는 불만
투성이의 은퇴자), 다른 여자는 너무 빨리 훌쩍 자라고 학교
를 싫어하고 어머니에게 오토바이를 사달라고 매일 싸움을
거는 아들을 위해 살았다. 아버지가 죽고 아들이 떠나자, 두
여자는 가까워졌지만 그렇다고 말수가 늘어난 건 아니었다.
그러나 적어도 그들은 평화를 얻었고, 시간이 가면서 서서
히 서로 가까워진 것이다. 뤼시도 은퇴를 했다. 두 여자는 자
질구레한 가사를 서로 나눠 했다. 마요네즈를 만들 때 눈짓
한 번으로 국자, 나무 수저, 그릇 등을 척척 주고받았다. 두
여자는 서로 닮지 않았고 뤼시는 아버지를 닮아 몸집이 우
람하고 작달막했다. 그러나 머리 염색하는 습관을 잃어버리
고, 어머니와 자신이 입을 똑같은 천의 소매 없는 작업복을
만들고, 먹고 자는 생활습관까지 함께하다보니 모녀간에 너
무도 섬세한 끈이 생기는 바람에 거리에서 따로 그녀들을 보

면 사람들이 헛갈릴 지경이었다. 그들이 공유하지 않는 유일한 습관, 그것은 뤼시는 텔레비전 앞에 앉아 채널을 바꾸지 않고 똑같은 방송을 보다가 마지막 화면이 나온 후 별이 반짝거리는 원형 무늬와 차분한 음악이 흐르고 마침내 화면이 고르게 반짝거리는 때가 되어야 마지못해 침대에 눕는다는 점이다.

＊

거의 정오 무렵이었다. 뤼시가 괘종시계를 슬쩍 본 후 고리 바구니를 보았더니 강아지는 움직이는 것을 멈추었다. "엄마, 빵 사러 갈게요." 뤼시는 계단 아래쪽으로 소리쳤다. 바깥은 온화하고 화창했다. 녹색에서 붉은색으로 변해가는 열매를 맺은 복숭아나무의 커다란 가지들이 이웃집 담을 넘어갔다. 그리고 새소리가 우회 도로의 소음을 거의 덮어버렸다. 그녀가 돌아왔을 때 어머니는 식탁을 차려놓았고, 그들은 평소처럼 아무 말 없이 먹기만 했다. 단지 약간의 바람이 들어오는 열린 창문가로 고리 바구니를 옮겨놓기 위해 식탁을 한쪽으로 밀었을 뿐이다.

미셸이 로 지방에 사는 사촌 집에서 머물다가 집으로 돌아오며 개를 데리고 온 지가 딱 십사 년 전이다. 팔월의 휴가객들로 미어터지는 열차 안에서 여행 내내 선 채로, 헝겊 가방 바깥으로 흔들거리며 내미는 커다란 머리, 어설픈 발, 겁먹은 눈, 그리고 끊임없이 아이의 얼굴을 핥고 침으로 범벅된 혀를 가진 어린 강아지를 품 안에 꼭 끌어안고 온 것이었다. 아이는 강아지가 혀로 그의 얼굴을 핥으면 눈을 감고 웃었다. 그해 여름이 아이를 바꾸어놓았다. 목소리가 굵어지고 접시를 거칠게 받았으며 너무 짧아진 소매 바깥으로 뼈가 불거지고 검게 탄 그의 손목이 어색하게 튀어나왔다. 그는 담배를 피우기 시작했다. 식사가 끝나고 디저트를 먹을 때, 그는 품 안의 강아지를 놓지 않은 채 군인이나 공사판 노동자처럼 가슴팍 호주머니에서 담배 한 개비를 꺼냈다. 그리고 눈을 감고 줄무늬 셔츠 바깥으로 드러난 목이 부풀어 오르면서 담배 연기를 짧게 끊어 뿜어냈다. 한 번인가 참다못해 아이의 할아버지가 "개는 내려놓아라"라고 말한 적 있었다. 미셸은 아무 대꾸도 하지 않고 보란 듯 몇 차례 담배 연

영원히 명랑한

기를 내뿜었고 버둥거리는 개의 코앞에서 연기가 한 번 흩어지지 않고 맴돌았다. 그는 더욱 세게 개를 끌어안았다. 다시 연기를 내뿜자 개는 재채기를 했다. "짐승조차도 나쁜 게 뭔지를 안다. 그놈도 암에 걸리고 싶지 않은 거야"라고 할아버지가 말했다. 파이프 담배를 끊으라는 설교를 적어도 세 명의 의사에게서 들었던 할아버지였다. "짐승조차도"란 말은 세 번이나 중얼거렸다. 미셸은 자리에서 일어났고 강아지는 그의 품 안에서 까만 젖꼭지가 줄지어 난 하얀 배를 드러내며 몸부림쳤다. 그러자 그는 담배꽁초를 남아 있는 디저트 접시에 눌러 끄고 밖으로 나갔다. 할아버지 얼굴이 새빨갛게 변했다. 그리고 "개는 내려놓으라니까! 개를 내려놓고 이리 와 앉아!"라고 외쳤다. 그는 목이 메어 눈물까지 글썽거렸다. "이리 온, 미라, 예쁜 내 아기!"라며 강아지가 한 번도 먹지 않았던 파이의 딱딱한 가장자리 부스러기를 내밀었다. 그러나 강아지는 이미 아이와 함께 정원에서 놀고 있었다.

두 시에 작은 개가 죽었고, 두 여자는 개를 쌀 만한 헝겊 쪼가리를 찾아 이층에 올라갔다. 풀썩일 때마다 먼지와 가느다란 섬유조직이 떨어지는 낡은 침대 시트를 들고 뤼시가 먼저 내려왔고, 눈가를 훔치며 그의 어머니가 따라왔다. 시트 조각으로 둘둘 싸고 나니 시체는 무해한 것으로 보였지만 그가 흘리는 갈색 물질로 헝겊이 얼룩지는 바람에 그 느낌은 금세 사라졌다. 고리 바구니와 방석들에서 역겨운 악취가 풍겨 나왔다. 뤼시는 그것을 잘게 찢어 쓰레기봉투에 넣었고 잠깐 생각에 잠겼다가 개도 마찬가지로 거기에 넣은 후 꼼꼼하게 봉투 두 개로 만들어 끈으로 동여맸다. 두 여자는 아무 말 없이 부지런히 움직였다. 뤼시는 양동이 물에 소독약을 탄 후 대걸레에 적셔 타일 바닥을 닦았다. 그런 후 두 여자는 꼼꼼하게 손을 씻고 빈 주방에 앉았다. 장례 준비를 이토록 금세 해치운 게 실망스럽고(그들이 본 모든 죽음은 병원에서 마무리되었다), 그러던 참에 그에 동반한 옛 행동과 위로에 대한 후회가 되살아났다. 동시에 집 안에서의 죽음이 그들에게 불편하게 여겨졌다. 그들은 빈 바구니와 목줄을 들고 돌아왔던 슬픔에도 불구하고 차례로 고양이 두 마리에게 했던 것처럼 이번에도 수의사에게 데려가는 게 낫지 않았나, 하는 생각에 잠겼다.

그다음 날 아침 지나가는 쓰레기 수거 직원에게 뤼시는 동전 한 닢을 쥐여주고 문을 닫았다. 그리고 방으로 올라가 종이 상자를 정리했다. 그녀는 세어보았다. 십사 년. 시월에 스물여덟 살이 되는 미셸 나이의 딱 절반. 그날 저녁 화구로 들어갈 더러운 털 뭉치로 요약된 십사 년, 그동안 지겹도록 평온한 이 세상에서는 문자 그대로 아무 일도 벌어지지 않았을 것이다. 그녀의 은퇴, 아버지의 죽음, 아들의 결혼과 출가는 사람들이 기대하는 그 어떤 사건의 구실도 하지 못했을 것이다. 뤼시가 품고 사는 시간개념은 단순했다. 그것은 그녀에게 영원히 당연시되는 것, 자신의 노화를 밑그림 삼아 그대로 베긴 것과 같다는 것이 그녀의 시간개념이다. 그것은 마치 이미 감지되는 자신의 피곤과 기력의 쇠퇴가 시간과 서로 연결되었다는 생각과 비슷하다. 그녀가 늙어가면 세계도 그녀와 더불어 종말로 가는 것이다. 시간이 다른 어떤 이들에게는 충만과 희망과 성취가 될 수도 있다는 것은 그녀의 상상 밖이었다. 모든 것이 그녀와 함께 늙어가고 있었다. 그녀가 죽고 난 후에도 살아남은 것은 그녀가 겪지 않은 것이나 마찬가지로 불확실하고 탈색된 세계에 불과할 것이다. 그녀는 죽은 후에 부활한다는 것도 믿지 않았다. 지난 시절이 추억으로 되살아난다는 것조차 믿지 않았다. 사라진 것은 사라진 그대로 다시는 돌아오지 않을 것이고 그 기억의 빛은 창백해지고 그마저 결정적으로 꺼져버려 심지어 그런 것이 실제로 존재했던가 의심할 정도가 된다. 그녀는 흐르는 시간의 물결에 온몸을 던지고 결코 물에 대해 생각하지 않았다.

여섯 시 무렵, 그녀는 부엌을 정리하는 어머니에게 손을 보탰다. 강아지가 차지했던 구석이 비어서 그들은 그 자리로 냉장고를 옮겼다. 그러니 빈자리가 생겼다. 내친김에 그들은 새 세탁기를 장만할 생각이고 보다 큰 모델을 고를 생각이다. 그의 어머니는 커피를 만들었고 뤼시는 커피를 마시려고 그녀 곁에 앉았다. 다리가 아팠다. 그녀는 어머니 앞에 다리를 뻗으며 한숨을 내쉬었다. 그리고 하품을 했다. 해

영원히 명랑한

가 저물고 따뜻한 커피 냄새가 풍기자 그녀는 단조로운 오후를 벌써 모두 겪었다는 느낌이 들었다. 그렇다. 예전과 같구나. 그녀가 학교에서 돌아오면 부모님은 일터에서 아직 돌아오지 않았고 그녀의 할머니는 빨래를 삶고 점심 식사에서 남은 커피를 두 사람을 위해 다시 데웠다. 그녀가 열 살, 그 정도는 넘지 않았을 때였다. 그녀는 모든 것이 기억났다. 할머니의 피곤한 모습, 그녀의 터진 손등, 화덕 위에서 끓고 있는 빨래의 텁텁한 냄새, 그리고 이런 할머니의 말투까지도. "애야, 눈이 밝은 네가 바늘귀 좀 끼워봐라." 생생하고 또렷하게 되살아나는 기억에 그녀는 놀라고 말았다. 게다가 기억이 나는 순서까지도 더욱 놀라웠다. 사실 사십 년도 넘은 과거에 돌아가신 할머니의 관점에서 본다면 이제 쉰여덟 살이 넘은 여자가 된 뤼시 자신도 더 이상 없을 미래에서는 작은 하나의 티끌에 불과할 것이다. 그러나 뒤집어 생각하면 생전의 할머니 모습을 되찾기 위해 뤼시는 그 이전에는 한 번도 거슬러가본 적이 없던 저 먼 과거 속으로 뛰어들어야만 했다. 그리고 생각지도 못했던 시간의 저 끝으로 가면 별로 힘들이지 않고 확실하게 그녀를 만날 수 있었다. 어느 날

엔가 그녀 자신도 손자의 상상력이 미칠 수 있는 가장 아득한 먼 옛날의 마지막 한계에 불과할 것이다. 예컨대 그녀의 할머니, 혹은 그 할머니의 할머니처럼 그녀보다 앞서 간 사람들의 미래 속에 영원히 희미하게 떨리는 작은 형상이었듯. 그녀 눈앞에서 시간의 양쪽 극단의 두 점이 서로를 만나려고 번개처럼 흘러가고 마침내 시간이 존재하기를 멈추고, 잔잔하고 움직이지 않는 영원한 젊음의 샘, 변질되지 않고 순수한 공간에 자리를 내줄 것이다. 거기에서 할머니와 그 손녀는 밀랍을 입힌 꽃무늬 식탁보를 사이에 두고 서로 마주할 것이다. 그것은 확실한데 동시에 그녀가 파헤칠 수 없는 신비도 깃들어 있었다. 그녀는 그런 생각을 멈추었다.

머릿속의 장면이 뿌옇게 사라졌지만 그것을 통해 부활했던 행복만은 그대로 남았고 조금씩 다른 장면으로 이어졌다. 손에 헝겊 가방을 들고 문을 열고 들어오는 아들의 모습. 그리고 그 가방 밖으로 튀어나온 어린 강아지. 영원히 펄쩍펄쩍 뛰고, 영원히 명랑한⋯⋯.

천천히 꼭꼭 씹으며

다니엘 살나브Danièle Sallenave는 1940년 프랑스 소도시 앙제 인근에서 외동딸로 태어났다. 부모는 모두 초등학교 교사였고 그녀는 학교에 부속된 교사 관사에서 어린 시절을 보냈다. 취학 이전이었던 네 살 무렵부터 아버지가 수업하는 교실 한구석에서 시간을 보냈던 그녀는 그 이후로 학교를 떠나지 않았다. 고등사범학교 준비반에 들어가기 위해 파리로 올라와 합격한 후 1964년 고전문학 부문의 교수 자격시험에 통과했다. 몇몇 학교에서 강의하다가 파리 제10대학(낭테르대학)에 자리 잡고 삼십여 년간 문학, 영화, 연극 등을 담당했다. 그와 더불어 주요 일간지와 방송에서 평론가로 활동하다가 1975년 서른다섯 살부터 소설, 희곡 등을 발표하기 시작했다. 1980년 장편소설 『귀비요의 문』으로 르노도상, 1988년 학술원 젊은 연극상, 2005년 그녀의 전 작품에 대해 수여한 학술원 대상, 2008년 장 모네상 등 여러 상을 받았고, 페미나상을 비롯한 여러 문학상의 심사 위원으로 참여했으며 마침내 2011년 프랑스 학술원 회원으로 선출되었다.

전형적 지식인의 이력을 거쳐 강단과 언론 분야에서 전방위적 활동을 펼친 덕분에 화려한 수상 경력을 자랑하며 여러 직위를 누렸던 그녀의 삶을 몇 줄로 요약할 수는 없다. 노년에 접어든 그녀는 2023년 발표한 수필집 『쥐스티스 거리』에서 자신의 삶을 설명하는 열쇠를 찾기 위해 증조부 시절까지 거슬러 올라갔다. 1937년 삼월 어느 날 증조모는 마을 공동 빨래터에서 일을 마친 후 젖은 빨래를 작은 손수레에 싣고 집으로 돌아와 마당에 빨래를 널던 중 가벼운 신열을 느꼈다. 증조모는 의사가 폐렴이라고 진단한 지 일주일 만에 숨을 거두었다. 증조부 세대는 마차꾼, 세탁부로 일하며 무지와 가난에서 벗어나지 못했다. 평생 남의 더러운 옷을 빨았던 이름 없는 증조모였지만 찬장에 빅토르 위고의

『레미제라블』과 그의 장례 행렬을 기록한 판화를 간직했다는 점을 다니엘 살나브는 주목했다. 그녀는 거기에서 공화주의 정신을 읽었던 것이다. 1789년 프랑스혁명에서 싹이 텄던 공화주의는 19세기 내내 엎치락뒤치락 왕정과 공화정을 반복하다가 마침내 1870년 제3공화국이 탄생하며 자리 잡게 되었다. 프랑스 공화주의는 자유, 평등, 박애를 기치로 내세웠으나 이 세 단어는 "정의"라는 한 단어로 요약될 수 있다는 것이 다니엘 살나브의 생각이다. 특권층이 사라지고 누구나 자신의 길을 선택하고, 자력으로 존재 가치를 성취하고 인정받아 결국 주체적 인간으로서 품격을 존중받을 수 있도록 길을 연 공화정은 그 이전에 침묵과 복종만 허락되었던 "고통의 공동체"에게 제각기 개별성을 부여한 제도였다.

그러나 아무리 훌륭한 이념이라도 구체적 실현 조건을 갖추지 못하면 공염불로 그치고 혁명의 피는 민중이 흘리고 그 과실은 새로운 특권층이 누리게 마련이다. 그래서 사유와 성찰 능력을 갖추지 못한 민중은 역사의 배경으로만 머물 뿐이었다. 익명의 다수를 주체적 개인으로 이끄는 사유와 표현의 힘은 학교 교실과 책에서 나온다는 것이 다니엘 살나브의 굳은 신념이다. 1863년에 태어나 1937년까지 살았던 그녀의 증조모는 비록 정상적 교육을 받지 못했지만, 프랑스 역사상 온전히 평생을 공화정에서 살았던 첫 세대였다. 증조모의 정신은 그 아들, 또 그 아들의 아들을 모두 초등학교 교사로 이끌었고, 네 살 때부터 학교를 벗어나지 않았던 증손녀가 2011년 지식의 궁전인 프랑스 학술원에 입장하는 것으로 이어졌다. 작가와 작품을 소개하는 자리에서 공화정이나 학술원을 운운하는 것은 단지 교육과 지식이 신분 상승의 지름길이란 점을 강조하려는 것이 아니다. 다니엘 살나브는 여느 작가들에 비해 유난히 인간 형성과 해방을 위한 독서의 중요성을 강조하며, 특히 문학은 인간 정신의 형성과 해방에 핵심적 기둥임을 설파했다. 문학이 그토록 중요한 만큼 글 쓰는 행위에 뒤따르는 작가의 책무도 무겁다. 그녀가 중시하는 문학의 윤리성은 도덕적 교훈을 설교하는 것이 아니라 의식의 지평을 넓히는 데 있다. 언어의 특이한 사용을 전제하는 문학작품은 여타 분야의 책과는 다른 독법을 요구하는데, 그녀는 그것을 일컬어 "창조적 독서"라고 했다. 서양에서 문예창작학과를 "창조적 쓰기"를 가르치는 분야라고 명명했듯 그것을 읽는 독자는 창조적 읽기를 수행해야만 온전히 작품을 이해할 수 있다는 뜻이다. 작가는 단어 하나 문장 하나 허투루 쓰지 않고 꼼꼼하게 쌓아 올려 오로지 언어의 힘만으로 새로운 세계를 창조한다. 단어들 사이에 생략된 부분, 문장의 침묵마저도 그 세계를 구축하는 데에 쓰이는 문학은 정신의 근육을 단련하여 자아 형성과 해방에 기여된다는 것이 그녀의 생각이다. 수많은 인물이 등장하여 복잡한 사건과 깊은 사유를 불연속적으로 조립한 듯한 그녀의 장편소설을 읽으려면 집중과 끈기가 필요하다. 어지럽게 헤쳐놓은 시계 부속품을 순서대로 조립하며 마침내 초침이 돌아가는 것까지 확인하는 즐거움에 이르기 위해서 독자에게는 능동적 독법뿐 아니라 인내가 필요하다. 반면, 1983년에 발표한 『추운 봄』은 단편소설을 모은 것이라 비교적 접근이 쉽다. 여기에 실린 열한 편의 단편 중 첫 두 단편은 나머지 단편을 읽는 데에 필요한 가벼운 준비운동쯤이 될 것이다.

첫 단편은 「방문」이란 제목처럼 일인칭 복수 대명사로 지칭되는 "우리"가 삼인칭 단수 여성형 대명사로 지칭되는 "그녀"를 방문한 이야기다. 우선, 이 상황에 놓인 인물들의 정체성이 분명해야 소설 속에서 전개되는 일련의 사태를 이해할 수 있을 것이다. 독자는 첫 문장부터 "그녀"가 방문을 예상치 못해 당황했으나 방문객이 그녀에게 생면부지의 사람은 아니고, 그렇다고 적어도 무람없이 지낼 정도의 가까운 친인척 관계도 아니라는 정도는 짐작할 수 있다. 늙은 개의 반응도 그런 추정을 뒷받침한다. "우리"의 정체나 그 방문 목적이 대번에 제시되지 않으니 그들 대화를 엿들을 수밖에 없다. "우리"는 편지나 전화로는 안부를 알 수 없어서 전보까지 보냈으나, 그런데도 소식이 없어 방문했다고 말한다. 독자는 금세 그들이 무엇보다 그녀의 건강 상태를 염려하는 정도의 관계를 유지하는 인물들이란 것을 알 수 있다. 요약하면 "그녀"는 늙은 개와 함께 홀로 사는 독거노인으로 짐작되고 "우리"는 그녀의 안위에 관심을 보이는 사람들이다. 아마 사회복지사 같은 공무원으로 추정할 수 있겠지만 "우리"의 정체를 특정할 만한 직접적 증거는 명확하지 않다. 그런 사태를 둘러싼 배경 묘사는 비교적 섬세한 반면, 두서없이 늘어지는 "그녀"의 말과 그에 대한 "우리"의 반응은 불투명하다. 관찰자 시점의 "우리", 관찰의 대상인 "그녀", 그리고 전지적 시점을 지녔을 법한 비가시적 화자의 설명은 자유간접화법에 의해 말과 사유의 주인이 모호하게 흩어져 있다. 노화, 시간, 죽음, 기억 등과 같은 추상적 주제에 관한 사유가 누구의 것인지 독자는 쉽게 알 수 없다. 짧은 글이 조금씩 전개되는 속도에 따라 독자는 여러 추정과 상상을 펴게 되며 다음 소설로 넘어간다.

두 번째 단편은 앞선 단편과 달리 발신자와 수신자가 명확한 편지 형식이라 글의 내용과 형식은 오로지 화자 한 사람의 사유와 표현이라고 여겨진다. 요양원에 있는 어머니가 아들에게 자신의 안부를 전하는 내용이라는 것이 금세 드러난다. 도입부에서 어머니는 크리스마스와 생일처럼 가족이 모이는 날을 요양원에서 홀로 보냈지만 즐거운 시간을 보냈다고 말문을 열었다. 특히 그리고 그녀를 돌보는 요양사뿐 아니라 그 요양사의 남자 친구까지도 자신에게 생일 축하 인사를 전했다고 자랑을 늘어놓았다. 유의해야 할 점은, 이 문장에서 화자가 손가락질하는 의미의 방향과 반대 혹은 주변을 꼼꼼하게 둘러보아야 한다는 것이다. 보다 직설적으로 해석하면, 아들이 여느 때와 마찬가지로 찾아오지 않았다는 것을 에둘러 섭섭한 심정을 드러낸 것이다. 특히 어머니는 겉으로는 아들의 바쁜 사회생활을 이해하는 태도를 보이지만 실상을 잘 파악하고 있다. 아들은 가족과 함께 자주 여행을 다니며 그 여행 기념품을 어머니에게 보내는데 그것이 너무 많으니 그만 보내라고 당부하며 편지를 마무리하는 대목은 편지의 첫머리 말과 배치되는 내용이다. 배나무에 대한 기억을 아들에게 확인하고자 의문문 형식으로 끝내며 반응을 유도하는 것도 문자 그대로 받아들일 수 없다. 식어버린 사랑의 불씨를 되살리기 위해 두 사람이 공유하는 가장 행복했던 순간을 대화의 주제로 삼는 연인처럼 어머니는 아들에게 배나무 자체를 말하는 것이 아니라 그것을 배경으로 삼은 시간대로 아들을 초대하는 것이다. 아들을 노골적으로 비판하고 추궁하기보다는 에둘러 그에게 성찰의 계기를 제공하는 것이 화자의 의도인 셈이다.

위의 두 단편이 본격 요리가 나오기 전에 내놓은 전채 요리라면, 이어지는 단편들은 제각기 다른 내용과 형식을 실험한 본격 요리라 할 수 있다. 다니엘 살나브는 장편소설에서 이미 시도했던 여러 형식과 주제를 단편에서 제각기 선보

옮긴이 해설

이며 그 가능성과 한계를 엿보았다고 할 수 있다. 세 번째 단편 「루이즈」가 평자들이 한결같이 플로베르가 말년에 발표한 「순박한 마음」과 비교하는 사실주의, 혹은 자연주의의 전통을 잇는가 하면, 「추운 봄」과 「이별」은 전지적 시점의 치밀한 심리주의 소설의 계보에 속한다고 할 수 있다. 그녀에게 가장 익숙한 소재를 다룬, 교수와 학자들의 허세와 위선을 난삽하게 섞어놓은 「학술 대회」 등 열한 편의 단편은 다양한 소재를 다루지만 그들을 관통하는 주제는 소외나 고독과 같은 근원적 인간 조건이다. 이 단편집이 집필되던 시절은 프랑스에서 로브그리예가 여전히 마지막 불꽃을 태우며 자전적 삼부작을 집필하고 후기 누보로망의 가능성을 모색하는가 하면, 후기 포스트모더니즘과 후기 구조주의를 둘러싼 논쟁이 치열하고, 밀란 쿤데라, 미셸 투르니에, 필립 솔레르스, 르 클레지오 등과 더불어 이제 막 기지개를 켠 아니 에르노와 같은 작가들이 피워 올린 창작의 열기가 뜨겁던 시기였다. 기호학, 정신분석학, 사회학과 같은 인접 학문의 영향으로 비평 이론의 백가쟁명 시기에 롤랑 바르트의 지도로 박사학위를 받은 다니엘 살나브는 이론과 실천을 통해 문단의 논쟁에 빠지지 않는 논객이었고, 다소 난해한 실험적 장편소설 『귀비요의 문』으로 주목을 받은 터였다. 전통과 전위, 이론과 실천, 그리고 피할 수 없는 주제였던 참여와 순수 사이에서 그녀는 열한 편의 짧은 소설로 향후 자신의 길을 모색했다고 짐작된다. 발표된 지 사십여 년이 지났으나 다니엘 살나브가 천착했던 문제의식은 지금도 유효할 것이라 생각된다. 독자 여러분은 오감에 호소하는 요리가 줄지어 나오는 프랑스 정식 식사를 음미하듯 천천히 꼭꼭 씹으며 열한 편의 접시를 모두 즐기시기를 기대한다.

2023년 2월

이재룡

옮긴이 해설

추운 봄

초판 1쇄 인쇄 2023년 3월 2일
초판 1쇄 발행 2023년 3월 10일

지은이 다니엘 살나브
옮긴이 이재룡
펴낸이 정중모
펴낸곳 도서출판 열림원

출판등록 1980년 5월 19일(제406-2000-000204호)
주소 경기도 파주시 회동길 152
전화 031-955-0700
팩스 031-955-0661
홈페이지 www.yolimwon.com
이메일 editor@yolimwon.com
페이스북 /yolimwon
트위터 @yolimwon
인스타그램 @yolimwon

주간 김현정 책임편집 최연서
편집 조혜영 황우정 이서영 김민지
디자인 강희철
마케팅 홍보 김선규 최가인
온라인사업 서명희
제작 관리 윤준수 이원희 고은정

표지·본문 디자인 석윤이

ISBN 979-11-7040-165-0 04860
ISBN 979-11-7040-064-6 (세트)